任性出版

不讀宋詞 日子怎過得淋漓盡致

北宋篇

道盡人生的綺麗與唏噓，
你一定也能吟唱幾句，
這是現代歌詞的靈感泉源。

文章點擊量超過75萬次、作品預售即超過12萬冊　**鞠菟**◎著

目錄

北宋篇

南宋篇

推薦序

自身之渺小，文字力量之大

《故事：寫給所有人的歷史》創辦人／涂豐恩

起初接到出版社的邀約，希望我能為鞠菟先生的新書寫幾段話，心裡其實有些猶豫與疑惑。我對宋代歷史並無深入研究，更不是詩詞專家，對於這樣一本以宋詞為主題的書，不敢說有什麼特別專業的意見。

但在閱畢書稿之後，立刻可以理解，何以鞠菟的作品會受到廣大讀者的歡迎。我想我可以從一個普通讀者的角度，分享一些閱讀過後的心得和想法。

這不是一本單純賞析宋詞的書，不是一般文學教科書式的寫法，既不是平鋪直敘的流水帳，也不是學究般執著於字句的餖飣考據。相反的，作者將宋代各種作家的生平，與他們的作品有機的聯繫在一起，帶出了每首詞的背景與脈絡。除此之外，還頗具心思的將一個個人物的傳記故事組織起來，串連成了流暢而環環相扣的故事。

閱讀這本書，好像在觀賞一幅卷軸逐漸攤開，一個接著一個畫面陸續揭曉，而其中的各種細節，讓人忍不住凝神觀看，細細品味。

但從另外一個角度看，這本書也不一定要從第一頁讀到最後一頁，而是可以隨著讀者興之所至，從任一章節開始翻閱。宋代的名人無數，從范仲淹、王安石、蘇東坡，到岳飛、陸放翁與辛棄疾，而他們留下的名句、名作，更是不計其數。這些人、這些文字組成了作者鞠菟筆下故事的根基與核心，難怪處處都有不同的精采。閱讀這本書，讀者既可以遇見那些今天人們依舊朗朗上口的字句，也可以接觸到許多並未納入教科書的作品。

經歷近千年，這些文學家的作品，依舊透過教育和流行文化，在當代人們生活及語言中生生不息的傳遞下去。一個人的生命不過數十年，而一代又一代的讀者，曾經一度又一度的沉醉於這些文學作品之中，反覆吟誦。想到這些，讓人感覺自身的渺小，卻又感受到文字力量之偉大。

作者序

在喧囂的時代，追求詩詞之美

拙作《精英必備的素養：全唐詩》（任性出版）和《不讀宋詞，日子怎過得淋漓盡致》自出版以來，受到多方關注，其間相繼有港臺朋友來詢問是否有繁體中文版。感謝任性出版，滿足了此方面的需求。

在創作本書時，筆者原以為身處這個緊張、喧囂、浮躁的時代，詩詞和歷史的題材已屬小眾，不會受到太多注目。意外的是，一經發行就有無數讀者表達，他們對本書的喜愛之情，其受眾範圍從在校師生到專業人士、從普通大眾到科研人群。這使筆者發現，對古典詩詞之美的欣賞，雖曾一度呈式微之勢，但仍有許多人，從未放棄對這種美的追求、探尋，以及對中國悠久歷史文化的熱愛。更令筆者欣慰的是，透過讀者的回饋可以發現，在走向現代文明的價值觀方面，吾道不孤。在筆者看來，這點甚至比弘揚中國傳統文化的精華意義更為重大。

基於一段眾所周知的歷史，中國在傳統文化的傳承上，出現了令人扼腕的斷裂期，而臺灣、香港地區的文化發展過程，則相對比較良性自然。據此，筆者相信本書的繁體中文版能夠在良好的文化氛圍中找到它的欣賞者。最後，衷心感謝親愛的讀者們給予的支持！

錄吾友雪落吳天為本書所題七律，為開卷之引：

摘句尋章未肯休，飄香文字幾曾留。
襟懷歷歷興亡業，吟詠瀟瀟唐宋秋。
青史風濤筆底合，紅塵花月卷中收。
開篇欲解騷人意，萬古江河水自流。

前言
幾句宋詞能道盡，亂花漸欲迷人眼

唐朝作為中國歷史上，武功強盛、文化繁榮、心態自信的偉大朝代，常常令人們悠然神往。

將近三百年間，在優越的環境中養育出的天才詩人們，如同璀璨群星，讓我們在仰望中目眩神迷。拙作《精英必備的素養：全唐詩》用一位唐朝名人，從初唐一直串到晚唐，連起眾多歷史人物之間的典故軼事。

然而正如《三國演義》開篇第一句話：「天下大勢，分久必合，合久必分。」歷史的規律不因人的情感而改變，前朝敗亡的舊事，終究在唐朝上演。朱溫篡唐後，中國進入五代十國，經歷大半個世紀的分裂亂世，直到趙匡胤建立宋朝為止，中國才在某種程度上進入新的統一時代，明亮耀眼的耿耿星河，再現於文化的天空中。大宋，以其無與倫比的優雅和寬容，與大唐相比別具一格，在中國古代文化史上，書寫了輝煌篇章。

宋詞與唐詩是中國文學史上並峙的巍峨雙峰，而宋朝那些大名鼎鼎的詩詞作者，彼此之間有著更為密集有趣的關聯和故事。現在就讓我們沿著晚唐到五代的歷史文化脈絡，漫步走入宋朝這個亂花漸欲迷人眼（按：引用白居易的《錢塘湖春行》，指繁多而多彩繽紛的景色漸漸迷住人的眼睛）的世界吧。

第一章

李後主無力回天，《菩薩蠻》教君恣意憐

唐朝滅亡以後，中原地區有五個政權：後梁、後唐、後晉、後漢與後周依次更替，被稱為「五代」。趙匡胤陳橋兵變、黃袍加身，欺負後周孤兒寡母（按：指周恭帝柴宗訓跟符太后），篡位並建立宋朝，而後周滅亡，結束了五代亂世（按：陳橋兵變、黃袍加身是一起發生在西元九六〇年的軍事政變。趙匡胤受詔出兵禦敵，當軍隊到陳橋驛後，其弟光義和眾兵把事先準備的黃袍，給了趙匡胤，擁他為皇帝）。

而從唐末跨越五代到宋初，在中原政權之外也曾存在過許多割據政權，其中的前蜀、後蜀、吳、南唐、吳越、閩、楚、南漢、南平、北漢，被統稱為「十國」。這個歷史階段，就叫做「五代十國」，也可簡稱為五代。比如唐末詩人韋莊，就有人將其歸為五代。

五代是一個詞人迭出的時代。其中在詩詞史上，最重要的角色，是定都金陵占據江淮地區的南唐。

吹皺一池春水，干卿底事？

南唐第一位著名詞人是馮延巳，又名延嗣，字正中。他的出生比溫庭筠（字飛卿）晚九十一年，比南唐後主李煜早三十四年，是一位承上啟下的重要人物。晚清著名詞評家陳廷焯評論道：「正中詞為五代之冠，高處入飛卿之室，卻不相沿襲，時或過之。」雖然馮延巳與溫庭筠並非同時代之人，但後人卻常將他們兩人聯繫在一起來評價。王國維在《人間詞話》中說：「張惠言先生（清代詞人）認為，溫飛卿之詞有『深美閎約』的意境，但我覺得這四個字只有馮正中才足以當得起。」我們來看看馮延巳的名篇《鵲踏枝》：

誰道閒情拋擲久？
每到春來，惆悵還依舊。
日日花前常病酒，不辭鏡裡朱顏瘦。

河畔青蕪堤上柳，
為問新愁，何事年年有？
獨立小橋風滿袖，平林新月人歸後。

春日一派好風景，但是沒有正確的人陪著，就更容易發愁，相信大家對這一點都感同身受。即使人們有此感受，也不敢對正陪著你的人承認，筆者相信很多人同意這一點。賞花愁，對鏡也愁；家裡愁，出門還愁；白天愁，夜裡繼續愁。只好每天借酒澆愁，「日日花前常病酒，不辭鏡裡朱顏瘦」。抽刀斷水水更流，舉杯消愁愁更愁，雖然筆者不大欣賞這個調調，但不得不承認這個「病」字，將頹廢美寫到了極致。能在藝術的任何一個方面做到極致的人，都值得欽佩。

馮延巳的才華一流，但人品卻令人不敢恭維。他歷仕兩朝、三度拜相，孫晟與他並列宰相之位，但他很瞧不起馮延巳，譏誚他「善柔其色（按：即阿諛奉承）」的巴結君主。馮延巳作品中名氣最大的，應該是這首《長命女》，正好可以作為例證：

春日宴，綠酒一杯歌一遍。
再拜陳三願：
一願郎君千歲，二願妾身常健，
三願如同梁上燕，歲歲長相見。

這首詞中的「君」有雙關之意，借女子為郎君祝壽之口，實則為君王山呼萬歲，希望自己得到長久的賞識重用，不要離開政治權力中心，所以有人說馮延巳詞有明顯的「臣妾心態」。如果說這種心態在《長命女》中，屬於若隱若現的話，在《謁金門》就一覽無遺了：

風乍起，吹皺一池春水。
閒引鴛鴦香徑裡，手挼紅杏蕊。
鬥鴨闌干獨倚，碧玉搔頭斜墜。
終日望君君不至，舉頭聞鵲喜。

此詞的「皺」字有雙關之意，表面意思是水波被風吹皺了，實則暗示心情被漫長的等待拖皺了；跟《長命女》一樣，「君」也有雙關含意，明寫女子在春日裡思念郎君而百無聊賴，心中頗有抱怨之意，暗著抒發盼望君王眷顧寵信的心情。

如果這只是一首閨怨詞，毫無疑問是第一流的佳作；但如果考慮到這也是一首抒懷詞，我們在其中就看不大出士大夫的獨立人格，只看得到一位姿態很低的臣妾。有人覺得馮延巳只是寫閨怨，不見得有什麼深意，那真是低估他了。

馮延巳的君王——南唐中主李璟，看懂馮延巳寫下《謁金門》是想表達什麼。李璟有天閒來無事，就問馮延巳：「吹皺一池春水，干卿底事？」意思是說，就算東風吹皺了一池春水，郎君沒來，但人家郎君愛去哪裡就去哪裡，又關你什麼事呢？

事實上，李璟和馮延巳的關係很不錯，在李璟十幾歲還是王太子時，二十幾歲的馮延巳就開始陪伴他玩耍了，這層關係有點像《鹿鼎記》中的康熙和韋小寶是總角之交。李璟這句話雖然是在開玩笑，但多少也有打醒馮延巳的深意在其中：雖然你是寡人寵信的大臣，可是也沒資格抱怨寡人同時寵信別人，別犯這種小心眼的錯誤。

馮延巳一看，自己寫詞抒懷邀寵，本來想拍個馬屁，結果拍到馬蹄上，這個問題很難直接回答，所以他乾脆就不回答了，恭聲道：「微臣這句，實在遠遠比不上陛下的『小樓吹徹玉笙寒』啊！」看似答非所問，卻是直接給君主戴了一頂大大的高帽。李璟聞言，抬頭撚鬚，龍顏大悅。

從這個故事一方面可以看出馮延巳的機敏，另一方面也可以看出他善於逢迎的品行。俗話說「千穿萬穿，馬屁不穿」，可謂洞悉人性。

一江春水向東流，南唐最好的詞

李璟，字伯玉，是南唐開國之君烈祖李昪（按：音同變，原名徐知誥，南吳大將徐溫養子）的長子。他繼承了父親的皇帝稱號，但在日益強大的後周的威脅下，不得不削去與之平等的皇帝尊號，改稱矮人一頭的「國主」，所以史稱「南唐中主」。李璟也是一位著名詞人，最負盛名的作品，就是被馮延巳大力吹捧的這首《攤破浣溪沙》：

菡萏香銷翠葉殘，西風愁起綠波間。
還與韶光共憔悴，不堪看。

細雨夢迴雞塞遠，小樓吹徹玉笙寒。
多少淚珠何限恨，倚闌干。

《攤破浣溪沙》是大家都很熟悉的詞牌《浣溪沙》的變調，在原調的上、下闋最後各增加了三個字，將韻腳移到了結尾而已。菡萏（按：音同漢淡）是荷花的別名，《西遊記》裡觀音菩薩蓮花池裡養大的一尾金魚，將一枝未開花的菡萏煉成九瓣銅錘，武功高強，後來逃到通天河裡成了妖精，和齊天大聖的武力值不相上下。

李璟用菡萏描寫一位女子的悲秋之情，思念遠在萬里之外的雞塞（按：雞鹿塞的簡稱，在今內蒙古磴口西北哈隆格乃峽谷口，是古代貫通陰山南北的交通要衝）守衛邊疆的夫君。馮延巳奉承李璟的悲秋之句，遠超自己的思春之句，本意固然是吹捧君主，選了這句詞，也算是很有前瞻性的眼力，因為它後來成為千古流芳的名句，蘇東坡、王國維等名家都對其讚賞不已。有一次王荊公（王安石的世稱）同黃庭堅談論南唐的詞，他說最好的便是這句「細雨夢迴雞塞遠，小樓吹徹玉笙寒」了。

對於王安石的這個評價，估計今天的大多數人不會認可。縱然「小樓吹徹玉笙寒」確實上佳，可是在南唐有遠遠超出此句的好詞，比如大家耳熟能詳的「一江春水向東流」，不只是南唐最好的詞，甚至可以排入中國歷史中最好的十首詞之列。這首詞的作者就是李璟的兒子，南唐後主李煜，比他父親的名氣要響亮得多。

後主即位，卻無力回天

李煜是李璟的第六子，原名李從嘉。按道理講本來君位怎麼也輪不到他，因為李璟曾在先皇靈柩之前立下誓言，兄終弟及，要將皇位傳給弟弟李景遂，此外李從嘉還有一位非常有膽略和軍事才能的長兄李弘冀。

李弘冀一心想繼承父親的位置，在李璟前爭表現、排擠李景遂，同時對這個聰敏的六弟很猜忌。李從嘉為了避禍，經常不做正事跑去江邊垂釣，一混就是一整天，還寫了兩首著名的《漁父》故意流傳出去，以宣揚自己的遁世之心。

其一是：

浪花有意千重雪，桃李無言一隊春。
一壺酒，一竿綸，世上如儂有幾人？

其二是：

一棹春風一葉舟，一綸繭縷一輕鉤。
花滿渚，酒盈甌，萬頃波中得自由。

清初詩人王士禎的《題秋江獨釣圖》，嵌入了九個「一」字，很明顯是從《漁父・其二》中演化出來的：

一蓑一笠一扁舟，一丈絲綸一寸鉤。
一曲高歌一樽酒，一人獨釣一江秋。

李弘冀看這個六弟醉心於隱士詩人的生活，無意爭奪儲君，就不再以他為潛在敵人，轉頭專心對付叔叔。透過建立戰功逼迫李景遂辭去皇太弟頭銜後，李弘冀如願入主東宮。當李弘冀被立為太子後，他為了斬草除根，又派人毒死李景遂。

李璟查出實情，盛怒之下廢了李弘冀還沒有坐熱的太子之位。次年李弘冀病逝，李璟立李從嘉為太子。這真是不爭不搶，天上掉下來一個大餡餅，正好砸中李從嘉的腦袋，雖然這個餡餅可能並非他真心想要。

李璟病逝後，李從嘉即位南唐國主，改名李煜，字重光。新皇帝登基時，經常給自己改一個比較生僻的名字，一來是為了和兄弟輩拉開距離，二來是讓臣民避諱起來比較方便。皇帝的名字如果太常見，會帶來無數的改動工作。比如唐太宗李世民的民，從漢朝起就開始設置的「民部（按：掌全國疆土、田地、戶籍、賦稅、俸餉及一切財政事宜）」，便不得不改為「戶部」。煜表示明亮，加上「重光」，看起來很光華璀璨。給自己改成這樣的名和字，大概是希望前途一片光明。

雖然李煜在二十五歲風華正茂之時繼位，但他的天空其實是一片陰霾，因為亡國的危險，從他即位之初就如達摩克利斯之劍般懸在頭頂（按：指王每分鐘伴隨著危險，至於皇帝的幸福和安樂，只不過是表象）。之前他父親在北方後周的強大壓力下，已經去了帝號，現在李煜面對的，是篡奪了後周、且更加強盛，有一統天下之勢的宋朝，自然更加岌岌可危。李煜對自己所處的困局無力回天，乾脆縱情聲色來麻醉自己。他前期的詞作主要是描寫宮廷生活和男女情愛，其中最有名的是這首《菩薩蠻》：

花明月暗籠輕霧，今宵好向郎邊去。
剗襪步香階，手提金縷鞋。
畫堂南畔見，一向偎人顫。
奴為出來難，教君恣意憐。

（按：剗〔音同產〕，剗襪，只穿襪子。）

戀曲難公開，且唱《菩薩蠻》

李煜十八歲還為太子時，娶了妃子周娥皇，常常「爛嚼紅茸，笑向檀郎唾（按：出自李煜的《一斛珠》，這首描寫了李煜夫妻間的閨房樂趣）」，小日子過得很快樂。李煜即位國主後即冊封其為國后，史稱「大周后」。李煜和大周后都沉迷音律，夫妻倆琴瑟和諧，很有共同語言。

婚後第十年，大周后病重，李煜每天早晚都來陪她吃飯，湯藥也要自己先嚐一下，才給她喝下，有時候陪夜幾個晚上都衣不解帶，作為一國之君實屬難得。可惜「娥皇」的名字起得不好，帝堯的兩個女兒，娥皇和女英都嫁給了帝舜，二女共侍一夫。父親敢給女兒起名叫「娥皇」，就要做好將來兩姐妹有類似命運的準備。

有天，大周后突然發現美貌的親妹妹出現在宮中，不禁吃了一驚：「妳是哪天進宮？」妹妹年紀尚小，不知道姐姐擔心哪方面的事情，老實的回答：「進宮已經有幾天了。」大周后一聽大怒，自己居然連妹妹進宮幾日都不知道，八成和李煜有什麼不清不楚的關係，立刻翻身向裡睡去，一直到病逝再也沒有將臉露出來過。

這段故事不是稗官野史，而是採自陸游所撰的史書《南唐書》。陸游是位詩人，同時也是史學家。

娥皇病逝三年後，她的這位妹妹被繼立為南唐國后，史稱「小周后」。史書有言，小周后自姐姐逝世後，就常在宮禁之中，所以後主才有「剗襪步香階，手提金縷鞋」這樣的豔詞流傳於外。可能李煜要等到為亡妻的三年服喪期滿，再正式立小姨為后，先上車後補票而已。那麼這首詞所描寫的，就是在此之前李煜與小周后一次無票乘車的經歷。

熙載夜宴圖，十大傳世名畫

雖然李煜在治國上的才能很平凡，但並不是昏君，更不是暴君。他心地仁慈，刑罰寬鬆，曾經多次親自到大理寺審案，釋放了很多冤枉或者罪輕之人。遇到不得不判死刑的案子，他還忍不住為之流淚。

中書舍人韓熙載為此上書李煜，說：「審案自有專業的司法人員掌管，君主親自駕臨那種地方是不合適的，您這是同情心氾濫、好心辦壞事啊！應該從您的內庫私房錢中罰款三百萬，以資國用。」李煜沒有聽從韓熙載的建議，但也沒因為受到批評和罰款的逆耳之言，而對他打擊報復，反而覺得他忠心耿耿、有見識，打算重用他。

韓熙載，字叔言，出身於北方的名門望族，曾經在唐朝末年得中進士，從家世到才學在亂世中都是鳳毛麟角。他不但擅長詩、文、書、畫，精通音律，而且很有政治才能。

李煜對於在南唐做官的北方人都心存防範，生怕他們故土情深、裡通宋朝。某天有人密報李煜：「今晚有多位朝中官員要去韓熙載家中聚會，對外宣稱是吃飯宴樂，具體要談些什麼可就沒人知道。」李煜心中有疑慮，便派宮中最頂尖的待詔畫師顧閎中和周文矩，想辦法夜入韓府，將他們的眼目所見都畫下來給自己彙報。古代沒有針孔攝像機這種間諜設備，李煜想出的已經算是走在時代最前沿、最可靠的方法了。

顧閎中和周文矩兩人深夜進了韓府之中，只見燈火輝煌高朋滿座，來賓中有當年的新科狀元、主管禮儀的太常博士、教坊（宮廷樂隊）的團長，都是一群文藝中老年，再加上正當紅的歌女、舞女，還有娛樂圈明星演藝助興，氣氛超嗨。賓主觥籌交錯，歡歌達旦，一醉方休。

顧閎中憑藉驚人的細節觀察力，將韓熙載家中的整個夜宴過程看在眼中，記在心中，一回到宮裡，即刻憑著記憶揮筆作畫，完成一幅《韓熙載夜宴圖》。圖中一共描繪了五個不同的場景，每個場景的主角都是韓熙載，將他在不同場景中的表現詳細勾畫了出來，包括他興起時親自挽袖擊鼓的情景。

李煜看了畫，原來韓熙載只是喜歡醇酒、音樂、婦人，並沒有背著他和大臣們促膝談心，於是對他就減少戒心。之後韓熙載在南唐累官（按：即積功升官）至中書侍郎、光政殿學士承旨，一直是被李煜信任的近臣，並且得到善終。

畫師周文矩同樣也繪製了一幅圖上呈後主，也就是說，其實當初《韓熙載夜宴圖》一共有兩幅，但周文矩所作的那幅已經失傳，今天我們能見到的，只剩下顧閎中的作品。這是中國古代十大傳世名畫之一，也是顧閎中唯一的傳世作品（按：有觀點認為此畫為宋人摹本，未得到公認），現在被完好的收藏於北京故宮博物院，一九九〇年，還為它出過一套五張的郵票。

有人說每幅畫中的韓熙載都沒有笑容，說明他心事重重、韜光養晦，內心世界矛盾複雜。但筆者認為，精明的韓熙載不會沒注意到，來賓中多了兩位不請自來的宮廷畫師，大智若愚的他，若想故意表現得沉湎聲色沒有出格的政治野心，一定會以愉快的精神面貌展現出對領導的滿意和忠誠，而不是以苦哈哈的臉龐，表現出對生活的苦大仇深。如果你仔細觀察《韓熙載夜宴圖》，就會發現畫中每個人物臉上都沒有笑容，所以筆者猜畫中人物沒有笑容，是大部分中國古代畫師的普遍習慣而已。

無論是韓熙載還是李煜，都沒有扶大廈之將傾（按：出自文天祥的《千秋祭》，比喻挽救事物遠離極危險的境地）的本領。宋太祖趙匡胤攻滅南漢之後，李煜懾於宋朝的威勢，「唐國主」也不敢叫了，進一步去掉國號，改稱「江南國主」。三年之後，宋太祖遣使至南唐，詔李煜入京祭天。李煜深知此行凶險，對宋朝使者推辭說：「寡人體弱多病，受不了舟車勞頓，只怕會客死途中。之所以願意屈節侍奉上朝，只希望得以保全祖先宗廟，想不到事情竟然發展到這樣，那也唯剩一死了。」

做完這一輪外交試探，宋太祖心知對李煜不來硬的不行，便派大將曹彬統兵十萬進攻南唐。

第二章

無言獨上西樓，世事漫、隨水流

江南群臣一看宋軍來勢洶洶，很多人勸李煜不如投降。李煜大怒：「你等可知宋國滅蜀時，花蕊夫人所作之詩？」原來後蜀主孟昶特別寵愛妃子費貴妃，因其美貌而號「花蕊夫人」，與卓文君、薛濤、黃娥並稱蜀中四大才女。十年前趙匡胤發兵數萬入蜀，孟昶坐擁十四萬大軍，而且背靠堅城雄關，居然不戰而降。

孟昶和嬪妃一行俘虜被送到汴京，趙匡胤久慕花蕊夫人絕色傾國，而且善於作詩之名，立即將她納入自己的後宮，且命她作詩一首，想看看是否名實相符。花蕊夫人當堂作了一首七絕，即《口占答宋太祖述亡國詩》：

君王城上豎降旗，妾在深宮哪得知？
十四萬人齊解甲，更無一個是男兒！

眾臣聽了此詩，都閉口不敢再勸。李煜決計不降之後，便高築城牆，收聚糧草，堅壁清野以備戰。此時長江下游的鄰居吳越王錢俶，在宋太祖的要求下，出兵進攻南唐的常州、潤州，以策應宋軍的攻勢。李煜急得寫一封送與錢俶：「今日無我，明日豈有君？一旦明天子易地賞功，王亦大梁一布衣耳。」

所謂「易地賞功」，就是將來宋廷必以升賞錢俶為名，召他入京，行軟禁之實，這是以脣亡齒寒之說曉以利害。錢俶哪會不懂得這些粗淺道理？只是看宋朝兵強馬壯、君臣同

▲花蕊夫人作《口占答宋太祖述亡國詩》，表達出亡國之痛及對誤國者的痛切之情。

心，一統天下之勢已成，再苦撐也是無益，只能兩害相權取其輕罷了。錢俶早已拿定主意歸順宋朝，所以不答覆李煜，只是將來信轉呈宋廷。

南唐在兩面夾攻之下節節敗退，曹彬兵至金陵城下，將城池四面團團包圍，水泄不通。退敵無計的李煜，趕緊派遣以能言善辯著稱的大臣徐鉉（按：音同炫）出使宋朝，進貢大批錢物，謝罪道：「我們江南事奉大宋，禮節一直甚為恭謹，只是因為國主身體有恙，一時無法勝任來朝賀的義務，並不是敢於拒絕。」徐鉉懇求宋朝緩兵，以保全江南一方百姓的性命，言辭十分懇切。

宋太祖說不過他，懶得再用外交辭令繞來繞去，乾脆拔劍而起，直截了當的說：「這個不須多言。江南又有何罪呢？但是天下一家，朕的臥榻之側，豈容他人鼾睡乎？（按：指不准別人侵入自己的利益範圍）」**自此「臥榻之側，豈容他人鼾睡」這個最長的成語就面世**了。徐鉉聽明白了，不敢再說一句話。

對南唐百姓來說，幸運的是，在長期的圍城中，是以仁恕聞名的宋朝開國名將曹彬擔任主要將領。他常常有意放緩攻勢，希望李煜能主動放棄抵抗，並且派人入城勸說李煜：「天下大勢已經如此，你內無糧草、外無救兵，城破是早晚的事情。縱然你誓死不降，只可惜了這一城的百姓都要為你殉葬。及早歸降，才是上策。」李煜答應了投降，卻又遲遲不行動，顯示出極低的決斷能力。

眼看金陵城中箭盡糧絕，即將被攻克之時，宋軍主帥營帳中突然傳出消息，曹彬病重不能處理事務。諸將趕緊都來探望主帥的病情，躺在床上的曹彬見手下大將們都聚齊了，便硬撐起身體，氣喘吁吁的說：「我這個病乃是心病，不是草藥針灸能治好的。只要諸公誠心立誓，克城之日，不妄殺一人，我的病就會自動痊癒。」

諸將見曹彬如此拚演技，只能面面相覷。這些將領的士卒已經死傷無數，在城外熬了一年，本來只等破城後縱容手下燒殺擄掠，現在不得不答應曹彬，一起焚香立下重誓。第二天，曹彬便宣告自己的病情在眾將的關懷下迅速好轉。第三天，宋軍攻陷金陵，時年三十九歲的李煜與大臣數十人一起被俘。

腰如沈約，貌比潘安——慘

李煜按照亡國之君的歷史慣例，率領幾十位大臣脫光上衣跪在曹彬的軍營外，這種羞辱叫做「肉袒出降」。完成這個必須的儀式後，曹彬改以貴賓之禮相待，溫言安慰，並請李煜返宮換回正常的衣裝，只派了幾個騎兵等在宮門外。

曹彬的部下暗地勸說：「大人，您辛苦圍城一年，好不容易活捉李煜，這是天大的功勞啊！就應該對他嚴加看管，趕緊送回京城獻上俘虜跟戰利品。現在放李煜回宮，萬一他想不開自殺了，那可怎麼辦？」曹彬微笑答道：「李煜為人一向懦弱，遇事不能果斷。他若想要自殺，城破時早就玉石俱焚了，何必等到今日？如今既已投降，就一定不會自殺。」

不出曹彬所料，李煜匆匆換好衣裝、拜辭宗廟之後，依約趕回曹彬軍營，隨後便踏上了北上汴京的俘虜之路。他在不久之後寫下的名篇《破陣子》，就是對這段不堪回首往事的記憶：

四十年來家國，三千里地山河。
鳳閣龍樓連霄漢，玉樹瓊枝作煙蘿，
幾曾識干戈？

一旦歸為臣虜，沈腰潘鬢消磨。
最是倉皇辭廟日，教坊猶奏別離歌，
垂淚對宮娥。

南朝史學家沈約晚年時身體狀況不佳，形容自己消瘦得每過幾個月就要把腰帶移一個孔，後人就用**「沈腰」代指人日漸消瘦**。放在今天，沈約是很好的瘦身產品代言人。讀到這裡，說不定有些人會心一笑，因為自己每隔幾年腰帶也會移一個孔，不過是方向相反。

西晉文學家**潘岳說自己剛過而立之年，就出現了白髮，後人就用「潘鬢」**代指中年白髮。李煜描繪了自己做俘虜後的生活，像沈約一樣迅速消瘦，使腰帶常常要移孔，跟潘岳一樣，到中年就出現了鬢邊白髮，都是因為心境低沉。

潘岳，字安仁，其實就是我們耳熟能詳的帥哥潘安。他年輕時手拿彈弓，在京城洛陽的大街上耍酷，年輕女孩們會一哄而上，拉著手組成天罡北斗大陣，堅決不讓他闖過去，才能多欣賞一會高顏值。

潘安後來改坐車出行，心想這下總算攔不住我了吧。結果那些大姐大媽們碰不到他，就將手中的水果往車上丟，讓水果代替自己和潘安來一個親密接觸，搞得潘安每次坐車回家都是滿載而歸，家中從來不需要花錢買水果，只要想吃就駕車出去兜風，這個典故叫做「擲果盈車」。評話小說裡常形容一個年輕男子「才如宋玉、貌比潘安」，就是中國古人對男性最高的評價。

當時有位還沒有成名的才子，名叫左思。他看潘安那麼受歡迎，沒事做的時候，也學潘少在洛陽大街上巡遊，結果那些大姐大媽們一看，心想：「長得這麼醜不是你的錯，可出來遊街嚇人就是你的不對了。」一只聽得數聲嬌叱，無數的石塊和口水呼嘯著破空而至，左思只能狼狽逃回家閉門不出。

他痛定思痛，既然比不過外貌，就只能拚文才了。於是他苦思冥想，花十年時間寫了一篇《三都賦》，將三國時魏都鄴城、蜀都成都、吳都金陵均寫入賦中。著名文學家陸機（按：三國陸遜的孫子）正巧也打算寫一篇《三都賦》，聽說左思已經先動筆了，很不以為然，在寫給弟弟陸雲（按：兩人合稱二陸）的信中說：「洛陽城裡有一個不知天高地厚的傢伙，居然和我搶著寫《三都賦》，我估計他寫成的紙稿只配拿來給我蓋酒罈子。」

沒想到左思寫出的作品大受好評，風靡京城文化界，大家紛紛買紙傳抄，將文具店囤積的紙張庫存一掃而空，供少求多，導致紙價飛漲，也就是**「洛陽紙貴」的由來**。

陸機看左思一炮而紅，也不得不派傭人去買紙，抄了《三都賦》並仔細閱讀一番。他一邊讀一邊連聲嘆道：「此人文章竟能如此！實在令人意想不到。」他評估，如果自己再寫一篇《三都賦》，絕無可能超越左思，便擱筆不寫了。無數的歷史事實告訴我們，來自於女人的挫折，常常是一個男人能成大器的催化劑。所以，正在看本文的失戀男青年們，恭喜各位了。

孤臣欲回天，慷慨吞胡羯

別人可能是顏良而文醜，左思是顏醜而文良，他靠著這篇名動天下的《三都賦》，與潘安一起混進了西晉著名官吏高富帥石崇的圈子。總共有二十四位文藝青年，經常在石崇的金谷園日日縱酒、吟詩作賦，人稱**「金谷二十四友」**。除了有鬥富小霸王石崇、美少年潘安、醜才子左思、名門之後陸機外，還有兩位不可不提的人物。

第一位要提的是陸雲，他和哥哥同為著名文學家。後世若有兄弟在文學上齊名的，常被拿來和陸機、陸雲相比，直到被後來更跩的蘇家兄弟——蘇軾跟蘇轍超越。陸氏兄弟的父親是東吳名將陸抗，當年晉朝統一天下的奠基人羊祜曾說：「咱們得等到陸抗逝世，發動滅吳之戰的時機才會來到。」他們的祖父陸遜，在夷陵之戰中大敗以傾國之兵前來為關羽、張飛報仇的蜀帝劉備。

陸雲的必殺技是勸惡棍回頭向善。在著名的《周處除三害》裡，周處知道鄉里的人特別厭惡自己之後，便去向陸機、陸雲求教。當時陸機不在家，周處見到陸雲，以實情相告之後問道：「我對年輕時的輕浮很後悔，想修養操行，但是現在年紀已大，恐怕來不及了。」陸雲搖頭指出周處的錯誤：「古人早上聽懂道理，晚上就改正過失。你應該擔心的是沒有志向；現在既然有了志向，又何必憂慮美名不能彰顯呢？」周處受到陸雲激勵後，回去便發憤好學、磨礪意志，很快就變得既有文才，又仁義剛烈，終於成為一代忠臣名將，更是無數後人的勵志楷模。

後來陸雲坐船出行，在湖上被一夥盜賊圍困，遠遠看見對面船中，強盜頭子器宇軒昂，便朗聲道：「如今四方擾亂，正是大丈夫沙場殺敵、建立功名的時候。我看你氣度不凡，奈何在此為盜呢？」對方幡然醒悟，解圍而去，後來果然投軍報國，累功至鎮守一方的大將。

第二位要提的是劉琨。他年輕時與祖逖（按：音同替）一起擔任司州主簿（按：古代官職名稱，主要管理文件及印章，相當於現代祕書），是做文字工作的同事。兩人都是理想遠大的有志青年，友情深厚，經常同床而臥，慷慨激昂的談論國家大事，以在亂世中報國救民為己任。

有一天半夜，祖逖睡得迷迷糊糊時，聽到雄雞鳴叫，就叫醒劉琨：「哎，你聽，半夜雞叫哦。」劉琨皺眉道：「大家都說，聽到半夜雞叫不吉利。」祖逖搖頭：「有什麼不吉利的？這是叫醒我們起床練武，準備報效國家啊！」便拉著劉琨起床練劍。後來每天夜裡只要聽到雞鳴之聲，兩人就早早起來舞劍練習，寒來暑往，從不間斷，終於練得一身鋼筋鐵骨、文武全才。這個典故就是「聞雞起舞」。

兩人各奔前程後，依然互為激勵。劉琨在給家人的信中寫道：「在現在這種國家危難的時刻，我經常枕著兵器睡覺等待天明，立志擊敗敵寇，就擔心祖逖比我先揮鞭催馬啊！」這便是成語**「枕戈待旦」**和**「先吾著鞭」**的出處。

劉琨後來一直做到司空（晉愍帝）的高位，統領并、冀、幽三州的軍事，在淪陷的中原以晉陽為據點堅守十年，為東晉成功抵禦了劉淵建立的前趙。

而祖逖被授為豫州刺史，率部北伐。當他北渡長江，船至中流之時，望著面前滾滾東去的江水，想到國家山河破碎、百姓生靈塗炭的慘狀，忍不住熱血沸騰，敲著船楫（短槳）朗聲發誓：「今日大江作證，我祖逖若不能掃清中原、恢復失地，絕不重回江東！」這個豪氣干雲的典故，便叫做「中流擊楫」。

祖逖的部隊紀律嚴明，各地人民望風響應，數年間就收復黃河以南的大片土地，使後趙石勒不敢南侵。祖逖進封鎮西將軍，類似大軍區（按：為中國人民解放軍中，曾經存在的一級組織軍事組織）司令員。文天祥的《正氣歌》有一句「或為渡江楫，慷慨吞胡羯」，即是指祖逖這個故事。在五胡亂華大亂世中，劉琨與祖逖兩人都成為東晉的柱石之臣。

金谷二十四友中，有些人都在八王之亂中死於非命。小人得志的孫秀向石崇索要美女綠珠未果，懷恨在心，誣陷石崇為亂黨，夷滅其三族（按：此故事詳見《精英必備的素養：全唐詩（初唐到中唐精選）》）。作為好友的潘安也與石崇死在一起。三年後，陸氏兄弟被小人陷害而死。亂世之中，無論是巨富、美姬還是高才，都可能成為取禍之階。

（按：八王之亂是發生於西晉末年至光熙元年〔即西元二九一年至三〇六年〕的政治動亂，由西晉皇族為爭奪中央政權而引發的動亂，在中國歷史上，是一場極為嚴重的皇族內亂，共持續十六年。

事實上，西晉皇族中參與這場動亂的王不只八個，但汝南王、趙王、河間王、東海王、楚王、長沙王、成都王、齊王等八王，為主要參與者，且《晉書》將八王彙為一列傳，故史稱八王之亂。）

太祖找弟弟談心，隔天駕崩

讓我們回到李煜。李煜君臣和金陵全城的百姓，最終在曹彬的仁心之下，得以保全性命。宋軍眾將士從出兵到班師（按：指帶軍隊返國），都很畏服統帥曹彬，不敢濫殺江南一人，這點在自古以來的征服戰爭中，是非常罕見的。曹彬奏凱回朝，入宮覲見天子時，名帖上寫的不是「賴陛下天威，攻滅盤踞江南四十年之南唐凱旋班師」之類的套話，而是平淡且謙恭的寫著「奉敕江南勾當公事回（按：奉令到江南辦事回來）」。

因為李煜是被圍城一年、城破被俘之後才投降，比起主動獻土歸宋的吳越王錢俶，李煜太沒眼色，因此宋太祖封他為「違命侯」。雖然爵位名稱帶有侮辱性，趙匡胤畢竟算是仁厚之君，並沒有打算從肉體上消滅他。但李煜過了不到一年好死不如賴活的平靜日子，宋朝就發生了驚天動地的大事。

宋太祖趙匡胤和弟弟趙光義飲宴談心至夜半，所有太監宮女都被屏退，兩人共宿宮中，再無第三者在場。據說當晚有人在窗外看見燭影搖曳，聽見斧聲破空。翌日清晨，一向身體健康的趙匡胤，突然被宣布暴病駕崩。第三天，晉王趙光義即位（廟號太宗）。這就是**宋朝第一謎案——燭影斧聲**。關於這件疑案的前後，有各種不同版本的記載，仔細分析起來的話足可以寫一本厚書。不過多數歷史學者認為趙光義並未弒兄。

宋太祖死得太突然，沒有來得及留下遺詔。為何按照兄終弟及的方式傳位於弟弟，而不是按照父死子繼的方式傳位於兒子趙德昭或趙德芳（按：趙德芳就是演義小說《三俠五義》、《楊家將》中鼎鼎大名的八賢王）呢？拖了多年之後，官方媒體終於對此作出解釋，據著名宰相趙普所說，事情是這樣的：

趙匡胤、趙光義的母親杜太后臨終之際，召太祖趙匡胤、宰相趙普入宮記錄遺命。杜太后問太祖：「你自問何以能得到天下？」太祖答：「自然是祖宗和太后的恩德與福蔭！」這是一個帝王應該給出的標準答案。但太后搖頭說道：「你想錯了。若非周世宗傳位幼子，使得主少國疑，你又怎能取得天下？你當吸取教訓，百年之後，將帝位先傳弟弟光義，光義再傳弟弟廷美，廷美傳回給你的兒子德昭。如此，則國有長君，乃是社稷之幸。」大孝子趙匡胤流淚拜受教訓。杜太后讓趙普將遺命寫為誓書，藏於金匱之中，號稱「金匱之盟」。

宣布這件事情是在宋太宗即位五年之後，而不是宋太祖生前，**公信力到底有多少，大家都是在類似環境中成長而富有經驗的人，可以自己判斷一下**。而且當趙匡胤逝世時，趙德昭已經二十六歲，趙德芳十七歲，都不算幼主了。最關鍵的是，趙廷美、趙德昭、趙德芳三人均在宋太宗一朝中以二十、三十歲的英年早逝，實在太巧了。既然金匱之盟的繼承者都掛了，趙光義自然就名正言順的將皇位傳給自己的兒子。

大家都認為宋太宗做得很厚黑（按：指臉皮厚、心黑）、很不地道，包括他的子孫也這麼想。北宋歷經靖康之恥而滅亡，當政權南遷之時，宋高宗趙構的兒子在苗劉之變中夭折，趙構也在金兵的追擊中，受到過度驚嚇而失去生育能力，繼嗣無人。傳說這個時候太祖托夢給他，講了燭影斧聲的故事。內心非常不安的趙構，收養了太祖之子趙德芳的兩位後裔為養子，三十年後從中選定趙伯琮並立為太子，改名為趙昚（按：音同慎），也就是後來的宋孝宗。

孝宗為抗金名將岳飛平反，整頓吏治，百姓生活安康，是南宋一朝最有作為的皇帝。

至此，皇位才終於又回到太祖一系的手中。

獨上西樓，與誰相見歡

宋太宗即位後，改封李煜為隴西公。看起來是從侯爵升到了公爵，但李煜的日子卻更加不好過了。趙匡胤為人寬厚，比如陳橋兵變後，賜給被奪皇位的柴家「丹書鐵券（按：始於漢代，是天子頒發給功臣、重臣的一種帶有獎賞和盟約性質的憑證，民間俗稱免死金牌）」，柴家後人即使犯罪也不得加刑，《水滸傳》裡的小旋風柴進就一直以此自傲；「杯酒釋兵權」，不殺功臣；據說趙匡胤還在太廟中為後世子孫立下祖訓密誓，不得殺士大夫及上書言事者。

而趙光義為人則猜忌得多，從他對待弟弟和侄子的態度就能夠看得出來，對李煜這種降君還能好到哪裡去？在這樣壓抑的環境中，李煜反而迸發出巨大的創作才華。他的兩首《相見歡》名篇就誕生於這個時期。其一如下：

無言獨上西樓，月如鉤，
寂寞梧桐深院鎖清秋。
剪不斷，理還亂，是離愁，

別是一般滋味在心頭。

這裡的無言，並非無言可訴，而是無人可聽。清冷的秋月、孤獨的樹影、無人的院落，一派寂寞寥落。縈繞在心間的離愁，讓人「剪不斷，理還亂」，最終只能放棄努力。「別是一般滋味在心頭」，如今已成了在抒發離愁時，高頻率引用的句子。鄧麗君唱過一首歌，名為《獨上西樓》，就是直接用這首詞作為歌詞。李煜沒有明說「離愁」是離開什麼的愁，我們可以引用來作為離開愛人的愁，但他心中真正想表達的，無疑是離開家國的愁。另一首《相見歡》，也是隱晦的表達了同樣的離愁：

林花謝了春紅，太匆匆。
無奈朝來寒雨晚來風。
胭脂淚，相留醉，幾時重？
自是人生長恨水長東。

收尾的「人生長恨水長東」乃是名句，《相見歡》有個別名叫做《烏夜啼》。李煜還有另外一個詞牌，其內容更悲涼、更深刻，正名也叫《烏夜啼》：

▲李煜心中滿滿的離愁，「剪不斷、理還亂」，也無人可聽。

昨夜風兼雨，簾幃颯颯秋聲。
燭殘漏斷頻欹枕，起坐不能平。
世事漫隨流水，算來一夢浮生。
醉鄉路穩宜頻到，此外不堪行。

「世事漫隨流水，算來一夢浮生」，這句是一些中年男性的大愛，常被放在微信（按：為一款中國製的通訊軟體）的簽名檔裡，看起來好像已經對人生大澈大悟了一樣。「醉鄉」反而「路穩」，「此外不堪行」就是說清醒後的現實世界之路，他已經沒有走下去的力氣了。

第三章

南唐李煜為詞分界，宋詞才與唐詩雙峰並峙

亡國之君要想全身保命，最好的教材就是「樂不思蜀」的後主劉禪。

蜀漢被魏國滅亡以後，劉禪歸降，被封為「安樂公」。有一天晉王司馬昭設宴款待劉禪，讓樂隊演奏蜀地的樂曲，並以歌舞助興。陪同劉禪在座的蜀漢舊臣們想起亡國之痛，個個低頭掩面流淚。唯獨劉禪跟著音樂的節奏打起拍子，一派怡然自得，毫無悲傷之意。司馬昭便問道：「安樂公聽到這些音樂，是否思念蜀地啊？」劉禪不假思索的回答道：「此間樂，不思蜀也。」

旁邊的蜀漢舊臣郤（按：音同細）正聽了，心想這種沒心沒肺的回答，將來必定會成為史書上的笑柄，我們會跟著一起丟人的，便趁著劉禪上廁所時勸他：「對於剛才晉王的問話，陛下的回答很不得體。如果下次晉王再問同樣的問題，您應該先抬頭閉眼沉思片刻，然後張開雙眼，很認真的說『先人墳墓，遠在蜀地，我沒有一天不想念的』，這樣才適宜啊。」劉禪聽後，牢牢記在心中。

回到席上，酒至半酣，司馬昭果然又問道：「安樂公想念蜀地嗎？」劉禪趕緊抬頭看著房頂，彷彿努力忍住奪眶而出的淚水，然後將郤正教他的話講了一遍。司馬昭聽了便問：「咦，這話怎麼像是郤正的口氣？」劉禪大感驚奇：「正是郤正教我的。晉王您怎麼知道呀？」司馬昭和左右大臣哄堂大笑。見劉禪如此老實，司馬昭從此再也不懷疑他了。劉禪就這樣在洛陽安樂的度過餘生，恰如他的封號。

通過這個故事，不能不讓我們佩服劉禪的大智若愚，卻正在政治上反而不太成熟。相比之下，李煜的表現就更加幼稚了。

生日變忌日，李煜終於解脫

被宋太祖教導「臥榻之側，豈容他人鼾睡」的徐鉉，隨李煜歸降宋朝後，累官至散騎常侍（按：職官名，侍從皇帝左右，規諫過失，簡稱常侍。金元以後廢置）。宋太宗即位後的第三年，派徐鉉拜見李煜，想借此了解李煜的想法。對亡國一直耿耿於懷的李煜見到昔日臣子，兩人相對流淚，靜坐不發一言。徐鉉回去覆命，宋太宗問他：「你這次去見隴西公，聊了些什麼啊？」徐鉉不敢不據實回答。宋太宗聽了，心裡很不高興，轉頭問左右（按：即侍者）：「隴西公最近可有什麼詞作？」一直受命監視李煜的侍從，便呈上一首抄錄的《浪淘沙》：

簾外雨潺潺，春意闌珊，
羅衾不耐五更寒。
夢裡不知身是客，一晌貪歡。

獨自莫憑欄，無限江山，
別時容易見時難。
流水落花春去也，天上人間。

這是李煜追憶昔日君主的尊貴地位，對比今日階下囚的悲涼境遇，就像天上和人間的差距般遙不可及，只有在夢裡才可能找回一點歡樂。宋太宗一看到「無限江山，別時容易見時難」，眉頭立刻緊皺起來：「分明是在懷念失去的江山嘛！就算你李煜不懷念，我還擔心你那些懷念故國的前部下，用你當大旗造反呢！何況你自己還告訴人家你在懷念。作為一個亡國之君，不像劉禪那樣夾起尾巴裝傻做人，還敢公然寫出這樣的懷舊作品，政治素質不是一般的差，絕對是不穩定因素。」為了維護大宋朝安定團結的大好局面，趙光義認為有必要讓李煜徹底消失。

過了幾天便是七夕節，一貫冷清安靜的隴西公府上居然張燈結綵，大家的臉上難得露出一絲喜色，因為這天正巧是李煜的四十二歲生日。雖然再也沒有節日，能讓亡國之君有普天同慶的喜悅，李煜自己也不覺得長命百歲值得慶祝，但這好歹也是一個讓大家苦中作樂的由頭。

正當一家人觥籌交錯時，李煜突然收到了一份意料之外的壽禮。宋太宗派弟弟趙廷美送來一壺御賜美酒，為隴西公祝壽。李煜立刻明白自己的大限已至，一言不發，回到房內提筆揮毫寫下一篇詞作，遞給小周后：「妳來詠唱這首新詞吧。」小周后默然接過，輕撫琵琶，婉轉低迴的唱出了名傳千古的《虞美人》：

春花秋月何時了，往事知多少？
小樓昨夜又東風，故國不堪回首月明中！
雕欄玉砌應猶在，只是朱顏改。
問君能有幾多愁？恰似一江春水向東流。

看著眼前春花秋月的美景，不禁思念故國往事，這只是第一層解讀。如果僅僅是思念故國之情，這首詞絕對達不到現在的高度。「春花秋月何時了」，更顯得嘆息時間看起來漫長無盡，對比人生的短暫無常，又有誰能逃得出這種悲哀呢？怪不得俞平伯（按：中國作家，與胡適一同稱為新紅學的奠基人之一）先生評論李煜這首詞的頭兩句是「奇語劈空而下」。

在前幾首詞中，李煜頻頻使用無法挽留的流水，來表達對過去時光的懷念，落花、夜風也被他信手拈來。如今在此基礎上進一步昇華，將人生長恨水長東，擴展到一江春水向東流，這篇《虞美人》可謂是水到渠成、瓜熟蒂落。

李煜一邊聽小周后曼聲吟唱剛剛所作的絕命詞，一邊斟滿了一杯御酒。小周后的「流」

字聲音一停，李煜長嘆一聲，仰首將杯中酒一飲而盡。不到片刻，酒中牽機藥（按：為中國古代流傳的毒藥，其成分主要是馬錢子。服用後，頭部會開始抽搐，最後與足部佝僂相接而死，狀似牽機，故名）的毒性發作，李煜腹痛難忍、渾身抽搐收縮，很快便氣絕身亡。

劉禪靠著匪夷所思的EQ騙過了司馬昭，騙過了所有人，甚至騙過了自己，所以能在亡國後依然活了很久。李煜在活命的本事上遠不如劉禪，但他的理想也不能讓他活得更久。既然他根本就不想如劉禪那樣窩囊的活著，現在也算求仁得仁，對他來說，死亡未嘗不是一種解脫。

李煜讓我們永遠記住那些如煙花般絢爛的詞句，而劉禪除了一句「扶不起的阿斗」之外，沒有給我們留下任何其他深刻的印象。李煜生在七夕，死在七夕，連生死的日子都選得如此浪漫，這就是一個浪漫入骨，以至於不適合做君王的人。正所謂「做個才子真絕代，可憐薄命做君王」。李煜死後不到一年，了無生趣的小周后也隨之辭世而去。

李煜之死還讓中國歷史上一種著名的體貌特徵絕了跡。在他之前，有造字的倉頡（按：相傳為黃帝史官，以及漢字的創造者）、盛德的虞舜、晉文公重耳和西楚霸王項羽等人，史載都是「重瞳」，就是每個眼睛中有兩個瞳孔。李煜是最後一位有此奇異特徵之人（歐陽修《新五代史・南唐世家》中載其「豐額駢齒，一目重瞳子」），之後中國的史書中，再沒有出過重瞳的名人了。

尼采曾經說：「一切文學，余愛以血書者。」王國維接著這句話評論道：「後主之詞，真所謂以血書者也。」《虞美人》就是最有代表性的絕命血書，李煜一生的精、氣、神，彷彿都在這一篇血書中噴薄而出。順便提一句，尼采最為人所熟知的名言是「上帝死了」。上帝有沒有死，人不能證明。但尼采自己後來確實是瘋了，為「神欲使之滅亡，必先使之瘋狂」這句古希臘名言做了一個注腳。

後主轉世當宋朝皇帝，葬送太宗子孫

李煜死後，面臨著官方的蓋棺論定。宋太宗問南唐舊臣潘慎修：「依你看，你的舊主李煜是暗弱無能之輩嗎？」潘慎修恭敬的答道：「假如他是無能無識之輩，何以在太祖之世尚能偏安守國十餘年呢？」

徐鉉則在後主的墓誌銘中寫到，李煜有惻隱之性：「賞人之善，常若不及，掩人之過，惟恐其聞，以至法不勝奸，威不克愛，以厭兵之俗當用武之世，孔明罕應變之略，不成近功；偃王躬仁義之行，終於亡國。道有所在，復何愧歟！」意思是，李煜是仁政愛民的好皇帝，他繼承皇位時的局面，即使是孔明，也無力回天。在當用武之世的大環境中，不免亡國。既然如此，他使得南唐政權偏安十五年，沒有什麼可以愧疚的。對於一位亡國之君，這是相當高的評價了。

一般滅他人者，都把對方說成桀紂再世，比如「驅逐韃虜」、「消滅獨裁蔣匪（按：

對前身國民革命軍的蔑稱）」之類，這樣方能顯得自己義正辭嚴、形象高大，興兵打仗才師出有名。南唐舊臣們能夠公然給予李煜這樣中正的評價，說明李煜的為人品行是眾所周知，同時也能看出宋朝的言論氣氛相當寬鬆，具有文明、自由等和諧社會所應具備的特徵。

過了一百多年後，宋太宗的玄孫宋神宗趙頊（按：音同須）生了一個兒子趙佶，這孩子長大後成為傑出的藝術家。據說神宗曾幸祕書省，在那裡看到了後主畫像，驚嘆這位亡國之君的儒雅風度，隨後趙佶就降生了。甚至有史書記載，神宗在趙佶出生時，夢見李煜前來謁見。宋哲宗趙煦英年早逝沒有留下子嗣，弟弟趙佶即位，廟號徽宗，中國歷史上又多了一位才子皇帝。

施耐庵的《水滸傳》中說徽宗是琴棋書畫、吹拉彈唱，無所不會，連足球都是能入選國家隊的水準。筆者想，一說中國足球隊很多人都笑了，但事實是當時的中國足球隊，處於世界領先水準，與現在人們看到的完全不同。在這方面唯一能讓徽宗佩服的人，就是高俅（按：音同球），此人可謂人如其名，技術精湛能得金靴獎。正因為這個投皇上所好的才能，他一直升到太尉的高官，當然他的書法和武藝也很不錯，算得上文武雙全。而徽宗的花鳥畫獨步當世，書法更是能開宗立派，被後人稱為「瘦金體」，是不世出的藝術全才。

但宋徽宗統治期間，大肆任用蔡京、童貫等中國歷史上第一流的奸臣，以「花石綱（按：為專運送奇花異石，以滿足皇帝喜好的特殊運輸交通）」等名目搜刮民脂民膏，逼得方臘、宋江等農民起義，最後在靖康之變中，被北方的游牧民族女真人亡國。

金兵將京城裡的宋徽宗、宋欽宗父子，加上宋太宗一系的所有皇子、皇孫、公主，只有康王趙構是漏網之魚，全部押到北方苦寒之地做了一輩子的俘虜，自己動手種田洗衣，直到老死。

徽宗投降後，被金國封為「昏德公」，筆者倒覺得這個爵位不算羞辱他，而是實至名歸。後世人評價他「諸事皆能，獨不能為君耳」。俗話說女怕嫁錯郎，男怕入錯行，趙佶就是中國歷史上，男人入錯行的最淒慘代表。有人曾做過這樣的聯想：趙佶的藝術天分之高，與李煜在一個水平線上，不會做國君比之李煜則更上層樓，很像李煜轉世。許多人憐惜天才而無罪的李煜被宋太宗害死，就為他想出了這個隔代報仇，來葬送趙光義子孫的方法。

國家不幸，李煜才能開拓詩的題材

幾乎所有了解李煜的人，都認同「國家不幸詩家幸」精闢概括他的一生。這句詩的出處，是清人趙翼為緬懷金末元初詩人、詩評家元好問（號遺山）而作的《題遺山詩》：

身閱興亡浩劫空，兩朝文獻一衰翁。
無官未害餐周粟，有史深愁失楚弓。
行殿幽蘭悲夜火，故都喬木泣秋風。

國家不幸詩家幸，賦到滄桑句便工。

尾聯的意思是，只要詩歌中融入感慨國家不幸的滄桑感情，詩句自然就工整、細膩、深刻了。順帶一提，趙翼最有名的詩句還不是這首，而是《論詩五首．其二》：

李杜詩篇萬口傳，至今已覺不新鮮。
江山代有才人出，各領風騷數百年。

就在李煜被毒死的同一年，吳越王錢俶奉旨入汴梁朝見宋太宗，被扣留軟禁不讓歸國，不得不順應天下大勢徹底獻土歸宋。第二年，宋太宗率領大軍親征太原，消滅北漢政權，結束了五代十國的分裂割據局面，中國大部分地區重歸統一。雖然領土比起唐朝，少了重要的燕雲十六州，那是被後晉兒皇帝石敬瑭賣給契丹的。本來宋太宗消滅北漢之後，想順手把燕雲十六州一起打回來，可惜被遼國人打得單騎而逃。

錢俶歸宋十年後，慶祝六十大壽時，宋太宗遣使賜御酒祝賀，當夜錢俶暴病身亡。這樣看起來，趙光義很喜歡一種行為藝術——讓別人在生日時死去。

儘管統一僅限於某種程度，但中國在宋太祖、太宗兄弟兩人的手中再次邁向盛世。為了防止五代十國中風起雲湧的大將篡位，讓改朝換代的戲碼在自己身上上演，宋朝揚文抑武，文官地位在九天，武將地位在九地，徹底解決了武將篡位的風險，但也大幅削弱軍隊的戰鬥力。

與此同時，北方的契丹、黨項、女真、蒙古等游牧民族相繼崛起，並且建立了強大的遼、西夏、金、元等國家，使得宋朝在強敵環伺的狀態下生存。宋朝對內政治開明溫和、商業經濟發達、文化藝術繁榮、人民幸福寬鬆；對外則軍力弱小、被動防禦。**在這樣的大環境中生長出來的宋詞，其風格註定與唐詩截然不同。**

在李煜之前，詞的題材很狹窄，基本就是以「花間派」為代表的閨閣戀愛、離情別緒、宮廷飲宴，比之「詩言志」的立意高遠，完全不在一個等級上。正是**李煜將詞這種文學形式發揚光大，將國仇家恨、社會生活的內容寫入其中**，使得詞從「豔科」中解放出來。所以王國維在《人間詞話》裡說：「詞至李後主，眼界始大，感慨遂深，變伶工之詞為士大夫之詞。」宋詞在李煜之後，才真正開始走向與唐詩雙峰並峙的宏偉征程。

人生的三層境界，唯「詞」說得盡致

王國維的《人間詞話》在中國文學批評史上，有著很高的地位。其中最有趣也是最有名的一段話，是描述古今之成大事業、大學問者必須經過的三層境界，均用著名詞人的著名詞句來描繪。

第一層境界是晏殊的「昨夜西風凋碧樹，獨上高樓，望盡天涯路」；第二層境界是柳永的「衣帶漸寬終不悔，為伊消得人憔悴」；第三層境界是辛棄疾的「眾裡尋他千百度，驀然回首，那人卻在燈火闌珊處」。

以今天的社會潮流來打比方，就是大家先放眼浮華世界，為自己的人生苦苦尋找出一個世人公認算是成功的目標；然後辛苦奔忙、蠅營狗苟的追求這個目標，肯定會累得半死；最後發現先前都在瞎忙，自己真正想要的原本就在身邊。**如果你不幸先知先覺、不走彎路直接找到了自己想要的東西，你都不好意思說自己年輕過。**

晏殊的《蝶戀花》全詞如下：

檻菊愁煙蘭泣露，
羅幕輕寒，燕子雙飛去。
明月不諳離恨苦，斜光到曉穿朱戶。

昨夜西風凋碧樹，
獨上高樓，望盡天涯路。
欲寄彩箋兼尺素，山長水闊知何處？

▲ 詞有三種境界：「昨夜西風凋碧樹，獨上高樓，望盡天涯路」、「衣帶漸寬終不悔，為伊消得人憔悴」，最後是「眾裡尋他千百度，驀然回首，那人卻在燈火闌珊處」。

王國維特別推崇晏殊這首詞。他認為《詩經》中的「蒹葭蒼蒼，白露為霜。所謂伊人，在水一方」是最得風人深致（按：即言情真摯感人、寫景鮮明生動、風格樸素自然），而「昨夜西風凋碧樹，獨上高樓，望盡天涯路」的意味和它頗為接近，不同之處在於前者灑脫，而後者悲壯。

晏殊一生高官厚祿富貴優遊，也不知道和悲壯是怎麼扯上關係的。縱然是王國維說的話，筆者也不能不唱個反調，筆者認為此句悲則有之，壯則未見。另外我們通過比較馮延巳的《鵲踏枝》和這首《蝶戀花》，會發現它們都是雙調六十字。其實此詞牌本名《鵲踏枝》，晏殊將其改為《蝶戀花》。

第四章

大晏慧眼提拔名相，小晏孤傲不見文宗

晏殊，字同叔，江西臨川人，是宋朝第一位出名的神童，號稱七歲就能寫得一手好文章。他的詞上承晚唐五代餘韻，下啟有宋一朝新聲，有「北宋倚聲家初祖」之稱。

真宗無地域歧視，晏殊能高中進士

晏殊在十四歲時到皇宮大殿，與千餘名叔叔、伯伯、爺爺輩的進士候選人一起考試，他淡定的表示毫無壓力，很快完成答卷。當時還有另一位神童，是來自河北大名府的姜蓋，只有十二歲，才名與晏殊不相上下。宋真宗趙恆特意給他們多出題目，讓晏殊寫詩、賦各一首，讓姜蓋寫詩六篇。

結果晏殊的詩、賦都寫得文采飛揚，明顯勝過姜蓋一頭，真宗非常欣賞。宰相寇準在側，趕快上奏：「晏殊是南方人，並非中原人氏，不可重用。不如用姜蓋。」真宗搖頭道：「朝廷取士，惟才是求，四海一家，豈限遠近？如前代的張九齡（按：唐代開元名相），不但是南方人，而且是比江西還偏僻得多的嶺南人，是一代賢相。何嘗以他的出生之地僻陋而棄置不用呢？」於是晏殊高中進士，位次在姜蓋之上。

寇準，字平仲，比晏殊大三十歲，幼時也是神童。他七歲爬西嶽華山時，就能作《詠華山》：

只有天在上，更無山與齊。
舉頭紅日近，回首白雲低。

由此詩看來，寇準睥睨天下、心氣十足，果然十九歲便少年得志，進士及第。在決定大宋國家命運的澶淵之戰前，朝廷中一派逃跑主義論調，唯有寇準力主抵抗，勸得宋真宗御駕親征，最終和契丹簽訂大致上算平等的合約——澶淵之盟，以很小的經濟代價維持兩國間的和平一百餘年，算得上是一代英雄，但他的見識和性格中確實有些缺陷。

張詠（按：世界最早發明官方紙幣的人）與寇準是同年進士，曾私下誇讚寇準：「面折廷爭，素有風采，無如寇公。」但聽說寇準拜相時，便對幕僚說：「寇公天下奇才，可惜學術不足。」有一次寇準送別張詠，問道：「張公有什麼可以教導、提醒我的事情嗎？」張詠答道：「《漢書．霍光傳》不可不讀。」當時寇準不明白張詠的意思，回家趕緊取書來讀，一直讀到班固評價霍光「不學無術（按：指霍光不讀書，沒學識，因而不明關乎大局的道理）」，不禁啞然失笑：「原來這就是張公對我的提醒。」還好真宗在提撥晏殊這件事情上，沒有聽從寇準這種地域歧視的言論。

（按：澶淵之戰是中國歷史上的一場重要戰役，戰事最終以平局收場，並沒有明確的勝負之分。這場戰役結束了唐朝以來百餘年來的動亂局面。從此雙方結束軍事對峙狀態，使宋遼之間維持了一百二十年的和平局面。）

富貴閒人，識人眼光很準

後來學霸晏殊繼續參加各類詩、賦、論的考試，全方面大顯身手。有一次拿到發下來的考題，晏殊先是迅速將卷子做好，然後起身上奏：「臣在家自己做模擬試題時，曾經練習過這個題目，請再出一道吧。」換了題目以後，晏殊的答卷依然是遠超同儕。宋真宗一看這個年輕人誠實不欺、德才兼備，從此對他更是另眼相待。

此後晏殊官運亨通，一路做到宰相。雖然他一生中沒有特別突出的政績，但是慧眼識人、獎掖後進，後來的名相范仲淹、富弼、歐陽修、韓琦、王安石、紅杏尚書宋祁，還有漢書下酒的蘇舜欽等人，都是出自他的門下，其中富弼還是他的乘龍快婿。所以有人為他寫了一副對聯：「堂上葭莩推富范，門前桃李重歐蘇。」

自年少即登天子堂後，晏殊幾十年間一直高居廟堂，在北宋前期盛世發達、歌舞昇平的都市文化環境中，過著優渥的貴族生活，同一眾雅士娛賓遣興、應歌唱酬，形成了以中上層文人士大夫為骨幹的**臺閣詞人群體**，**即江西詞派**。此派突破了花間詞派的香豔溫軟，賦予詞較為深邃真摯的思想意境與情感寄託，開宋詞繁榮之先河。而晏殊正是這一時期詞壇的領袖文宗。

仕途得意的晏同叔，世稱富貴閒人，這個綽號後來被賈寶玉繼承。他從小喜愛揣摩馮延巳的作品。清代文學家劉熙載在《詞概》中寫道：「馮延巳詞，晏同叔得其俊，歐陽永叔得其深。」晏殊在花間詞的富貴雍容中融入馮氏的清俊，從而形成自己所獨有的「清新俊逸下的富貴氣象」。

他很瞧不上別人在詩文中堆金砌玉的顯擺富貴，曾經嘲笑：「有人寫『軸裝曲譜金書字，樹記花名玉篆牌』，**富貴哪裡是這種寫法？**這分明是乞丐對富貴人家的想像而已。白樂天的『笙歌歸院落，燈火下樓臺』就要好得多。真正的富貴不要去實寫什麼金玉錦繡，唯要虛描那種氣象，比如老夫的『樓臺側畔楊花過，簾幕中間燕子飛』，或者『梨花院落溶溶月，柳絮池塘淡淡風』。窮人家能有這種景致嗎？」語畢，還從鼻孔裡哼了一聲出來。

原來他有一首頗為得意的《無題》：

油壁香車不再逢，峽雲無跡任西東。
梨花院落溶溶月，柳絮池塘淡淡風。
幾日寂寥傷酒後，一番蕭瑟禁煙中。
魚書欲寄何由達，水遠山長處處同。

奈何花落，晏殊一生的代表作

有一天狂風驟雨過後，晏殊看到花自飄零水自流的情景，突然靈感一閃，吟出一句

「無可奈何花落去」，覺得真是情景交融渾然天成，非常佩服自己。接著用心想下句，卻怎麼也對不出能夠匹敵的，這一思索就是幾年。此後晏殊只要逢人談論詩文，一定會告訴人家自己有個極品上聯，看有沒有人能夠幫他接出下聯。

然而這上句實在過於完美，眾人都無從下手，就像李賀的「天若有情天亦老」一樣成了「奇絕無對」。不過既然有石曼卿能對出「月如無恨月長圓」，晏殊的上句就一定會有人來為他解決。

幾年後，晏殊出差路過揚州，在大明寺內休息。只見牆壁上塗鴉著許多詩句，當然其中大部分都入不了晏大人的法眼，所以他連看都懶得看，乾脆躺在椅子上閉目養神，讓書僮將牆上的詩句逐首唸給他聽。接連聽了好幾首，都是寡淡如水之作，晏殊剛聽了開頭就沒法忍受，立刻說：「下一首。」直到書僮唸出一首《揚州懷古》：

水調隋宮曲，當年亦九成。
哀音已亡國，廢沼尚留名。
儀鳳終陳跡，鳴蛙只沸聲。
淒涼不可問，落日下蕪城。

這次晏殊不但沒有中途打斷，而是安靜聽完，還吩咐書僮再唸一遍。聽了第二遍之後，晏殊忍不住以扇擊掌：「好一句『淒涼不可問，落日下蕪城』！此詩作者是何人？」書僮答道：「落款是江都主簿，成都人王琪。」晏殊大喜，立刻派人請王琪到大明寺。王琪見過晏殊後，兩人飲酒論詩，就像友誼深厚的舊故一樣。待到酒酣耳熱之際，晏殊又開口相問：「前些年老夫偶得一句『無可奈何花落去』，人人稱善，無奈下句難得。賢侄可對得出？」王琪略略沉吟，脫口道：「**似曾相識燕歸來**。」晏殊一聽，拍案大笑：「妙極，妙極！」即席賦得一闋《浣溪沙》：

一曲新詞酒一杯，去年天氣舊亭臺。
夕陽西下幾時回？
無可奈何花落去，似曾相識燕歸來。
小園香徑獨徘徊。

這是晏殊一生的代表作品。無可奈何花落去，描繪自然界的常見現象，其中蘊含了對於離別徒呼奈何之意才是亮點；似曾相識燕歸來，也有燕在人不在的離情別緒，與上句相呼相應，而且王琪還借此巧妙的表達對晏殊一見如故、似曾相識的親近感。晏大人對這首詞相當滿意，當即邀請王琪當自己的幕僚，後來又推薦他入京為官，一直做到禮部侍郎，相當於

▲ 晏殊的「無可奈何花落去」，由王琪對出下句「似曾相識燕歸來」。

文化部加外交部的副部長。

小晏寫情書，把老爸的詩句發揚光大

晏殊四十七歲時，生了第七個、也是最小的兒子，取名幾道。他對這個幼子愛逾珍寶，從小就悉心栽培。幾道五歲時，有一天晏殊在家中宴請賓朋，想讓小兒子當眾露一手，就叫他出來給大人們唱首詩詞。今天很多父母也經常這樣做，人同此心。只不過當年的詩詞都是唱的，我們現在只能背誦，因為曲譜都失傳了。

小幾道站在一堆和藹可親的伯伯、叔叔們的中間，毫不怯場，拍著小手就奶聲奶氣的唱了起來：「酒力漸濃啊……春思蕩，鴛鴦繡被啊……翻紅浪……。」賓客們一聽，這不是柳永的豔詞《鳳棲梧》嘛，個個拚命保持淡定的表情。唯晏殊一張老臉漲得通紅，厲聲呵斥道：「還不住口！小孩子哪裡學來的東西，在這兒胡說亂唱！」幾道被父親當眾一罵，委屈的放聲大哭：「平時你們都在唱的，我覺得好聽就學會了嘛……。」賓客們終於忍不住哄堂大笑。

晏殊只好仰天長嘆：「孺子不可教也！來來來，大家還是多喝酒、多吃菜。」用酒菜把你們的嘴堵住，省得出了門亂說晏宰相家父子的品位如何。

從這個故事可見，晏幾道從小耳濡目染、家學淵源，長大後果然也成為著名詞人。晏幾道字叔原，號小山，父子倆被稱為大晏和小晏，時人都將他們與南唐中主李璟、後主李煜父子相比。前文提到晏殊的代表作《蝶戀花》中有句「羅幕輕寒，燕子雙飛去」，晏幾道給他曾經交好的歌女小蘋寫了一封情書《臨江仙》，將父親的得意之句發揚光大：

夢後樓臺高鎖，酒醒簾幕低垂。
去年春恨卻來時，落花人獨立，微雨燕雙飛。

記得小蘋初見，兩重心字羅衣。
琵琶弦上說相思，當時明月在，曾照彩雲歸。

「落花人獨立，微雨燕雙飛」是懷舊詞句的絕唱之一，雖然這一聯最早見於五代人翁宏的詩中，但全詩水準一般，小晏在這裡用得真正是點鐵成金。李白的《宮中行樂詞》中有「只愁歌舞散，化作彩雲飛」，形容美女在歌舞散場後，如同天上的彩雲隨風而去。晏幾道沿用，以彩雲形容美女，當年曾經照著小蘋歸去的明月仍懸在夜空之中，小蘋卻已不見了。

古代很少有真實女性的名字，能夠靠著詩歌流傳下來，劉蘭芝、花木蘭、羅敷都是虛構的藝術形象，而這位歌女小蘋的名字和她的時尚衣著「兩重心字羅衣」，卻有幸隨著晏幾道的作品一起流芳千古。

晏幾道另一首膾炙人口的名作《鷓鴣天》同樣是懷舊詞，詞中沒有提及名字，很可能也是寫給小蘋姑娘的，或者是寫給小蘋姑娘的同行：

彩袖殷勤捧玉鐘，當年拚卻醉顏紅。
舞低楊柳樓心月，歌盡桃花扇底風。
從別後，憶相逢，幾回魂夢與君同。
今宵剩把銀釭照，猶恐相逢是夢中。

要是有美人彩袖捧著玉杯殷勤勸酒，估計換了誰都會「拚卻醉顏紅」吧。舞低楊柳樓心月，歌盡桃花扇底風，是寫不盡的富貴風流。從別後，憶相逢，幾回魂夢與君同，情深至何等地步才能入夢？又要至何等地步才能兩人同夢？今宵剩把銀釭照，猶恐相逢是夢中，情思如泣如訴，委婉纏綿。

整首詞不但音韻鏗鏘，而且被彩袖、玉鐘、顏紅、桃花扇、銀釭，描繪得色彩斑斕卻不顯堆砌，如夢似幻，美不勝收。

雖然筆者將《鷓鴣天》分析得頭頭是道，但估計晏幾道完全不屑。在他的眼中，絕大部分人都是不足與談的。讓我們來看看他的《長相思》：

▲ 被美人勤勸酒、欣賞美人載歌載舞，看似無盡的富貴風流，但在這之後不知到何等地步才能同夢。

長相思，長相思。
若問相思甚了期？除非相見時。
長相思，長相思。
若把相思說與誰？淺情人不知。

依小晏看，周圍的人都是「淺情人」，和你們談情字，簡直是隔靴搔癢、雞同鴨講，純屬白費力氣。一股孤單寂寞冷躍然紙上。

小晏倨傲，不甩蘇軾、蔡京

小晏是含著金鑰匙出生的天之驕子，但在他十七歲時父親晏殊過世，之後便家道中落。王安石變法期間，小晏的朋友鄭俠畫了一幅《流民圖》，進獻給宋神宗，通過描繪民間疾苦，指責王安石的變法搞得民不聊生，結果被新黨攻擊治罪。

當時新舊兩黨已經陷入激烈的黨爭，只要抓住對方一個人的把柄，恨不得拔出蘿蔔帶出泥（按：比喻調查先落網的案犯，來引出另外的案犯暴露蹤跡）的打擊一大片。政敵們從鄭俠的家中搜出了晏幾道的一首《與鄭介夫》：

小白長紅又滿枝，築球場外獨支頤。
春風自是人間客，主張繁華得幾時？

這是在譏刺因推行新政而成為新貴的新黨，看你們借著春風能繁華到幾時。新黨立刻上綱上線，以「反對聖上新政」為名，將晏幾道逮捕下獄，最後案件上報到了皇帝手中。宋朝各位皇帝的文學素養都不低，**宋神宗讀罷這首作為罪證的詩，只是微微一笑**：「晏小山的文采果然不俗。此詩小有調侃而已，沒什麼大不了的。」既然皇帝定性此詩是人民內部矛盾，不是敵我矛盾，當天小晏就拍拍衣服施施然出獄回家。

「築球場」好似新舊兩黨角力爭勝的朝堂，而場外獨支頤就是小晏的性格。他性情耿介，厭惡逢迎，平生不肯去「一傍貴人之門」，就算這次經歷了牢獄之災，依然為人倨傲。

蘇軾的弟子黃庭堅是小晏的好朋友，小晏的作品集《小山詞》就是請黃庭堅作序。蘇軾久聞小晏的名氣，託黃庭堅轉達期望結識之意。

此時蘇軾早已名滿天下，無數文壇前輩都在為他讓路，隱然將成為一代文宗。按常人來看，他想主動拜訪已經凋零的晏家，是很給面子了，不料小晏回答黃庭堅說：「如今政事堂中坐著的（宰相）一半是我家舊客，我連他們也沒空接見呢。」這話聽起來有點酸，頗像阿Q常說的「老子家裡當年也闊過」，也有可能是社交恐懼症的表現。蘇軾吃了閉門羹，大概是從來沒有過的冷遇，不過他也就是一笑置之，不去追問小晏誰也沒空接見，那麼一天到晚都在忙些啥。**東坡的心態之豁達，遠在小晏之上**。

小晏的傲氣，不只是對於文傾天下的蘇軾，對於權傾天下的奸相蔡京也一樣。當時很多文人寫諂媚之詞巴結蔡太師，就為謀個一官半職。有一年重陽節，蔡京派門客攜帶重金去求小晏寫首詞，這對於一般人來說是個求之不得的好機會，巴結好了蔡京，那是財官雙收。但我們從小晏對蘇軾的態度上可以看出，他不是一般人。黃庭堅說小晏屬於揮霍千百萬，搞得家人飢寒交迫，卻依然能面露傲慢之色的傢伙。

小晏既然手頭很不寬裕，就收下禮金，三下五除二（按：珠算中最基本的加法口訣之一，後用來比喻做事快速、乾淨俐落）寫好一首《鷓鴣天》，交給來人帶回，內容歌詠太平盛世，但沒有一個字提及蔡京。蔡太師還不死心，過了幾天到冬至節，又派人帶著禮金去晏家求詞。小晏依然來者不拒照單全收，依然信筆寫了一首平淡無聊的《鷓鴣天》完成任務。蔡京大為惱火，以後就再也不搭理小晏了。這兩筆白送的禮金，夠小晏過一個豐收年。

晏幾道的性格就是這麼孤傲有腔調，無意於在官場上蠅營狗苟，終其一生做過的最高職位，也就是通判這種小官，但留給後世的《小山詞》有兩百多首。許多人認為他青出於藍而勝於藍，造詣更在其父晏殊之上。

第五章

正氣塞天地，情語妙至此——范仲淹

晏殊的一生引薦提攜了很多名人，其中公認品德最好的是范仲淹。范仲淹的身世很坎坷，出生的第二年父親就病逝了，母親只好帶著他改嫁，並隨繼父朱文翰姓，起名為朱說（按：讀作月）。

劃粥斷齏，經濟拮据時最省錢的飲食法

朱說從小生活貧苦，十幾歲時寄住在寺廟裡讀書，就像「慚愧闍黎飯後鐘（按：出自《題木蘭院》，意思是聽到鐘聲後才來吃齋飯）」的王播一樣，但他沒去蹭和尚的飯吃，所以也沒被趕走。他每天早上起來煮一鍋薄薄的稀粥，生怕太餓一口氣把它喝完，以至於上頓沒下頓，所以等粥凝結成凍後，用刀劃成四塊，只能吃兩塊當早餐，剩下的兩塊是晚餐。下飯就用醃韭菜，還要省著點吃，每次不能太奢侈的吃一整根，只能切半根來下早飯，剩下半根留著下晚飯。這個典故就叫做**劃粥斷齏**（按：音同雞）。

同學中有個高官子弟，看見朱說每天只吃稀粥鹹菜，還能埋頭學習自得其樂，覺得難以理解，回家當作稀奇事講給父親聽。他父親聽後說：「這個同學不是平常人，將來必定有大出息。你帶一些食物送給他吃吧。」當同學按父親的吩咐，帶了一盒美食送給朱說時，朱說卻再三推辭，爭執了半天才勉強收下。

可是過了幾天之後，官二代卻發現朱說並沒有吃掉他送的食物，甚至放壞了。他生

氣的責問朱說：「家父聽說你生活清苦，特地讓我送來這些飯菜，你卻不肯享用，這是為何？」朱說解釋道：「在下非常感激令尊的厚愛。只是由儉入奢易，由奢入儉難，我若吃了這美味佳餚，恐怕將來就不願意吃苦了。」後來寺院的住持被朱說刻苦的精神所感動，每天都送幾個餅給他充飢。

朱說二十多歲時知道了自己的身世，十分傷感，想恢復范姓，但考慮到母親一直在朱家生活，便不提此事。他**二十七歲時以朱說之名進士及第**。為母親過世服喪結束後，朱說回到吳縣老家要求復姓。范氏族人怕他回來分財產，不肯接納，就像一窩土雞在草叢裡面搶蟲子，很擔心天上的鷹隼來和牠們爭食。朱說表示唯一的目的就是認祖歸宗，完全放棄財產方面的任何要求，族人方才答應。

因為有功名的人想改姓名，需要得到朝廷的批准，朱說上書宰相寇準，並引用了兩個典故：「志在投秦，入境遂稱於張祿；名非霸越，乘舟偶效於陶朱。」

前者是范睢不容於魏國，改名為張祿逃入秦國，後來為相，確立「遠交近攻」的基本國策，幫助秦國不斷蠶食山東六國，奠定統一天下的根基。

後者是范蠡幫助越王勾踐滅吳，在勾踐鳥盡弓藏動手殺功臣之前急流勇退，泛舟太湖而去，後遷居陶地（今山東省定陶縣），改名為陶朱公，以經商累資巨萬，被世人譽為「忠以為國，智以保身，商以致富，成名天下」。

這兩位改名的高人恰好都是范氏先祖，朱說表達：「我也會無愧於先祖，有利於國家。」用典非常巧妙。寇準覽信，興奮的說：「大宋有幸，後繼有人！」朱說改名的請求獲得朝廷批准，他恢復姓范，取名仲淹，字希文。

希文講話直，開口就被貶

晏殊對范仲淹有知遇之恩，聽起來好像晏殊是長輩，事實上范仲淹比晏殊還大兩歲（誰讓晏殊是神童呢？太早出道了）。范仲淹中進士以後，常年在地方基層做官，後來因母親守喪而住在應天府書院（按：又稱睢陽書院，前身南都學舍，並列中國四大書院之一）。

當時晏殊任應天知府，聘請范仲淹主持府學，這是對他的第一次提攜。晏殊回朝當樞密副使（軍委副主席）後，當面向宋仁宗舉薦范仲淹擔任祕閣校理，就是在皇家圖書館裡整理宮廷藏書，官位不是很高，但經常可以見到皇帝，是一條飛黃騰達的快車道，從此范仲淹就接近朝廷中樞，他非常感激晏殊。但沒過幾年，范仲淹就差點幫晏殊捅了一個大樓子。

《三俠五義》、《包青天》都提過著名故事「狸貓換太子」。宋真宗趙恆死得早，兒子趙禎（就是故事中用狸貓換來的那位太子）十二歲即位（廟號仁宗），章獻太后劉娥垂簾聽政。劉太后並非仁宗的親生母親，可是仁宗一直被蒙在鼓裡。到仁宗十九歲已經成年之時，劉太后依然在主持朝政。此年的冬至節，禮官為了奉承太后，計畫讓仁宗率領文武百官向太后跪拜獻壽。

范仲淹立刻上奏反對，說天子如果在家裡為太后拜壽，按母子之禮跪拜是可以的；但如果在朝堂上和百官一起北面跪拜太后，就很不妥當，有損君威（按：在古代，方位也象徵身分。南面君主、北面稱臣，也就是說臣子要面向北方朝見君主，皇帝地位比太后大，故北面跪拜太后不妥）。

看起來是一件禮儀小事的爭論，背後的真實原因卻大不尋常。垂簾聽政的太后在皇帝成年之後還不肯歸政，容易讓人聯想到殷鑑不遠的武則天篡唐。這一方面是諂媚之人的機會，另一方面勢必引起忠直的大臣警惕。范仲淹認為這種情況會給國家帶來的潛在危險，因此不但反對仁宗當眾和百官一起跪拜劉太后，更是以卑微的官職，直接奏請太后應該還政於仁宗，讓已經成年的皇帝親政治理國家。

范仲淹的奏章一遞交上去，立即在朝廷引起軒然大波，因為**說出了許多大臣想說而不敢說的話**。劉太后很生氣，後果很嚴重。晏殊十分驚慌，立刻責罵范仲淹：「難道只有你知道為國事擔憂嗎？你這是亂出風頭！會連累舉薦你的人！」晏殊的害怕並非杞人憂天，在這種殘酷的權力鬥爭中，人頭落地是歷史常見現象，武則天時代就是前車之鑑。范仲淹坦蕩的回答：「下官正因為蒙受大人的舉薦之恩，才一定要堅持按理直言，以免別人說您舉薦的人不稱其職，並沒想到這樣做得罪了您。」但盛怒之下的晏殊完全聽不進任何解釋。

范仲淹回家後，寫了一封長信給晏殊，解釋自己向朝廷上書的理由，並且在信末表示：「如果您認為我還值得教導，希望您沒有後悔當初舉薦我；如果您認為我朽木不可雕，就請向朝廷聲明，這樣朝廷可以豁免您舉薦失當之罪。但我絕不會因為您這次的斥責，而忘記您平生對我的知遇之恩。」

晏殊覽信之後，內心十分慚愧。其實讓仁宗率領百官北面跪拜太后，包括晏殊自己在內的許多大臣都認為不妥，卻沒有人敢站出來公開反對，只因怕得罪太后。晏殊斥責范仲淹，不是認為他說錯了，而是怕連累自己。但范仲淹的性格耿直中正，與晏殊頗為不同。幸好劉太后不是武則天，宋朝的開明氛圍保證士大夫不管說什麼，基本上都沒有性命之憂。范仲淹在這次上書後被貶出京城，到河中府去做通判。同僚們去郊外為他送行，都舉杯祝酒說：「范君此行，極為光耀！」正所謂公道自在人心。

沒過幾年劉太后駕崩，宋仁宗親政，很快召范仲淹回京，拜為右司諫，專門負責規諫朝廷的過失，小事上奏摺，大事可當面廷爭，可謂知人善任。此時仁宗剛知道自己並非劉太后親生，而此事一直被劉太后故意隱瞞，以致自己錯失機會孝敬生母李宸妃，心中因而對劉太后產生恨意。

群臣揣摩上意，多有議論劉太后垂簾聽政時的各種過失。范仲淹卻上奏道，劉太后垂簾多年確有不妥處，但更有養護仁宗長大成人之功，建議朝廷掩飾她的過失，成全她的美德。仁宗沉思數日，予以採納。

范仲淹並不因當年被劉太后貶出京城，而報復她，反而秉公持正、隱惡揚善，這就是他的人格魅力。晏殊當年雖然差點被范仲淹拖累，內心卻始終對他十分推重，為自己女兒擇婿的大事也請他拿主意。而范仲淹推薦的，正是後來的名相富弼。

寫下大宋第一邊塞詞，為蘇、辛闢路

范仲淹累官至參知政事（按：相當於副宰相）時，西夏元昊屢次入侵宋朝邊境。宋朝由於真宗、寇準與遼國訂立的澶淵之盟，維持數十年和平、無戰事。因此武備不修，戰鬥力極差，被西夏破城殺將，屢戰屢敗。希文領命到陝西禦邊，深溝高壘，號令嚴明，西夏人試了幾次都鎩羽而歸。當時有民謠唱道：「軍中有一范，西賊聞之驚破膽。」西夏軍隊從此不敢進犯他的防區，只能繞路而行。范仲淹的名作《漁家傲‧秋思》，就是寫於這個時期：

塞下秋來風景異，衡陽雁去無留意。
四面邊聲連角起，
千嶂裡，長煙落日孤城閉。
濁酒一杯家萬里，燕然未勒歸無計。
羌管悠悠霜滿地，
人不寐，將軍白髮征夫淚。

讀了第一句，有沒有讓你想起王勃《滕王閣序》中的「雁陣驚寒，聲斷衡陽之浦」？在中國古代文學作品中，**大雁為何總和衡陽有關係呢？**這是因為漢代張衡在《西京賦》中，說大雁「南翔衡陽，北棲雁門」，劃定了雁遷徙的邊界。

八百里南嶽七十二峰的第一峰，傳說中北雁南來到此過冬，第二年春暖花開時再飛回北方，故名回雁峰，有詩云：「青天七十二芙蓉，回雁南來第一峰。」

東漢時竇憲追擊北匈奴，出塞三千餘里，登燕然山（今蒙古境內的杭愛山），命班固刻石記功而還，這一輪戰爭結束了北方匈奴游牧民族三百年來對中原的威脅。很多歷史學家認為，正是因為北匈奴殘部在大漠不能立足，才不得不向西遷移，所到之處導致原在那些地方居住的蠻族，也不得不向西遷移，這樣的骨牌效應一路向西，最後侵入了羅馬的領土，曾經強盛一時的羅馬帝國，終於滅亡在他們手中。竇憲這次勒石燕然（按：刻石記竇憲大破北匈奴之功），深刻的影響了世界歷史的格局。

范仲淹說燕然未勒，就是指還沒有平定來自西夏的邊患，班師回中原遙遙無期。此時他已經年過半百，兩鬢斑白，保家衛國的壯志、對戰爭的厭惡和對故鄉的思念，構成了複雜而又矛盾的心情。此詞意境悲壯蒼涼，氣勢雄渾剛健，可稱是大宋第一首邊塞詞，為宋詞打開了一扇新的大門，**為之後蘇東坡、辛棄疾領軍的豪放派鋪下了道路**。

范仲淹的另一首代表作《蘇幕遮》，同樣也是在這段時期完成，其詞寄託鄉愁：

▲ 保衛國家的壯志、對戰爭的厭惡、對家鄉的思念，構成複雜且矛盾的情緒，
范仲淹遂寫下大宋第一邊塞詞《漁家傲》。

碧雲天，黃葉地，
秋色連波，波上寒煙翠。
山映斜陽天接水，芳草無情，更在斜陽外。

黯鄉魂，追旅思，
夜夜除非，好夢留人睡。
明月樓高休獨倚，酒入愁腸，化作相思淚。

登上高樓眺望，在目力所達的盡頭是遠山映著斜陽之景，而故鄉的芳草比那裡還要遙不可及。本想借酒澆愁，但酒剛一入愁腸，就都化作了相思之淚，反而更添苦楚。這個比喻深刻而新奇，更是前人從未曾想到的。

後人評價「**公之正氣塞天地，而情語入妙至此**」。追旅思中的思，唸起來不是很順口，因為詞牌中那個位置原本是仄聲，與上闋中的黃葉地的地相同，古人其實讀成去聲（就是四聲）。在有的版本中，這句為「追旅意」，音韻就比較協調。

范家父子正氣塞天地，典型在夙昔

范仲淹不但品格高尚，而且在家教上很成功，尤其是他的次子范純仁，將父親的忠恕之道發揚光大。有一次范仲淹讓范純仁到蘇州，運一船麥子回睢陽，范純仁完成父親交代的工作後，返回時，在丹陽巧遇正在港口望著長江水發呆的石延年，便問道：「曼卿（石延年的字）為何停留在此呢？」

原來石延年的親人過世，他無錢運靈柩回家鄉安葬。此時還很年輕的范純仁便自作主張，將一船麥子全部送給了石延年，讓他變賣後作為扶柩回鄉的費用。范純仁兩手空空的回到家中，在父親身旁站了半天，也不敢提起此事。范仲淹問：「你這次到蘇州，有沒有遇到什麼朋友啊？」范純仁答道：「我回程中遇到石曼卿，他因為親人逝世沒有錢運靈柩回鄉，到處求告無門，只能耽擱在丹陽。」范仲淹眉頭一皺：「你為什麼不將那船麥子送給他救急呢？」范純仁一聽此言，擔心父親責怪的大石頭頓時放下，立刻回答：「我已經連麥帶船都送給他了。」范仲淹朗聲大笑，連連誇獎兒子做得好。

石延年出名是因為一副絕妙的對子。唐朝李賀最好的一句詩是「天若有情天亦老」，意思是雖然蒼天日出月沒、光景常新，假若它和人一樣有情的話，也照樣會衰老。文人雅士們常以此為上聯，看誰對得出絕妙下聯。但不論是誰，對出的下聯都達不到上聯的意境高度，慢慢的，大家就判定它是「奇絕無對」。時光荏苒，過了兩百年的改朝換代，有一次詩人們聚會歡飲，大家又聊起這個題目，座中石延年開聲緩緩對出一句「月如無恨月長圓」。一語既出，眾人都佩服得五體投地，再也沒人繼續想別的下聯了。

善於砸缸又樂於評人的大文學家司馬光說：「李長吉歌『天若有情天亦老』，曼卿對『月如無恨月長圓』，人以為勁敵。」後來有人更進一步用李白、李賀、蘇軾、石延年的一人一句，拼成了一副對仗工整、意境悠遠的絕妙對聯：

把酒問青天，天若有情天亦老。
舉杯邀明月，月如無恨月長圓。

石延年這麼大才的人，自然是很喜歡喝酒的。他在中書省任職，辦公地點在皇宮大內，旁邊就是大慶殿。盛夏的一天，曼卿喝得酩酊大醉，貪涼躺在大慶殿的臺階上，居然呼呼睡著了。正巧宋仁宗的御駕經過，前面開路的衛士打算將這個大膽之徒揪起來。仁宗問道：「那個在睡覺的人是誰？」內侍回稟：「石延年石學士。」仁宗笑道：「讓他接著睡吧，咱們繞過去。」

堂堂天子在自己家裡，為了一個醉漢而帶著一群人繞道而行，完全不在乎皇帝的威嚴，這件事情讓我們看到「仁宗」的廟號不是浪得虛名。怪不得當時的人評論：「仁宗百事不會，就是會當皇帝。」這一點和後來的宋徽宗正好相反。好的領導不一定要自己很有本事，但一定要有容得下人的胸懷。另一方面，我們也可以**看出讀書人在宋朝所受尊重的程度**。蒙古人滅宋之後，接著到明、清，包括讀書人在內的所有人，都越來越成為皇權的奴才，除了皇帝之外，其他任何人的人格尊嚴都成了無須存在的事物了。

范純仁二十二歲就中了進士，但他看父親年老多病，就待在家裡盡孝，這是《論語》裡說的「父母在，不遠遊」。等到范仲淹去世後，范純仁才出來做官。他在甘肅做知州時遭遇饑荒，一邊上奏朝廷請求打開應急的常平倉賑濟災民，一邊自行決定提前開倉放糧（按：常平倉是朝廷在各地設立官屬糧倉，豐收之年糧價較低，朝廷以比市價高的價格，大量購買糧食存入官庫；災年糧價攀高，國家以低價賣出糧食，以此平抑市場糧價）。

下屬官員勸他先等到朝廷的批覆再說，范純仁回答：「到京師路程遙遠，若等到批覆回來再開倉，災民們都已經餓死了。先行開倉的責任，我會獨自承擔。」有人誹謗他上報的放糧救活災民的數字，與實際不符，於是宋神宗派欽差大臣來調查。認真做事情的人總是遭嫉妒，這是人類的悠久傳統之一。

後來正好遇上秋季大豐收，百姓們高興的說：「這次確實是大人救活我們，我們怎麼忍心連累大人呢？」於是大家晝夜不停的爭著送糧歸還到常平倉。等使者到來核查時，常平倉的糧食已經全部還上了，范純仁安然過關。

後來范純仁升任宰相，凡舉薦人才一定是因為天下公眾的好評，而不是因為私人關係，連這些人自己都不知道是被范純仁舉薦的。有人對他說：「您擔任宰相的要職，怎麼能不網羅天下的人才，讓他們知道自己是出於您的門下，好對您感激在心？」范純仁答：「只要朝廷沒有遺漏正直的人才，何必一定要讓他知道是我推薦呢？」有其父必有其子，父子倆的高風亮節，古今少有。可見范仲淹不但言傳，更重於身教。

第六章

《岳陽樓記》史上第一的看圖寫遊記

年過半百的范仲淹因為參與「慶曆新政」失敗，外放到鄧州做地方官。慶曆六年時，他收到一封來自巴陵郡的信，寄信者是他的好友滕宗諒（字子京）。他比范仲淹小兩歲，與他是同年進士，兩人政治觀點接近，人品上也互相推重，是一生的摯友。

《岳陽樓記》作者未登樓，寫下千古名篇

滕宗諒被人檢舉在鎮守邊關涇州時，濫用招待費用十六萬貫錢，其實他只花了其中的三千貫錢來犒勞下屬和少數民族首領，其他的都用來補充軍費的不足。朝廷派人下來調查，滕宗諒擔心調查招待費一事，會株連到無辜者，就把記錄被宴請者姓名職務的資料燒光，獨自承擔責任，最後因此被貶官到巴陵郡。

滕宗諒在巴陵任上，政事順利百姓和樂，天下知名。他喜歡饋贈，又喜歡建學，花錢很有一手，總是身無餘財。不過他搞錢同樣也很有一手，之前調用招待費來補軍費的做法就能看出他用錢不拘一格。

現在滕宗諒打算重修治下的岳陽樓，但是州裡的庫銀根本沒法支援這麼大的工程；如果從民間募集，肯定又會被彈劾勞民傷財。於是他想了一個很另類的方法，根本不須動用一分庫銀。滕大人命人在郡裡四處張貼告示，凡是民間有那種陳年老帳收不上來的，債主可以將債據交給官府，官府去幫你收，不過收上來以後要從中抽取一個大頭作為執行費。

債主們本來對收回債務絕望了，對這些欠錢的更是恨得牙根發癢，現在有機會通過官府來收拾這些人，還能收回一部分錢財，真是天上掉下來的好事，在睡夢裡都能笑出聲。於是民間的廣大債主們踴躍上交債據，欠錢者哪敢對抗官府，還錢也很積極迅速。結果滕宗諒收上來很大一筆錢，他沒放入公共財政，而是自己搞了小金庫來修岳陽樓，連帳本都不做。

岳陽樓修成以後，極其雄偉壯麗，固然是花了很大一筆錢，很多人猜想滕宗諒私下也收入不少。但州民都不認為滕大人做得不對，反而稱讚他能幹，因為一沒有動用財政撥款，二沒有亂搞集資攤派，除了賴帳者之外，無人表示不滿，還增加了就業機會。

岳陽樓的前身，是三國時吳國都督魯肅所修的閱兵臺。唐朝開元年間，張說在閱兵臺舊址建起了岳陽樓，至此時已經很陳舊。滕宗諒重修好岳陽樓後，登臨遠眺心胸舒暢，覺得自己作為進士，必須寫點什麼來抒發情懷，於是《臨江仙》就這樣誕生了：

湖水連天天連水，秋來分外澄清。
君山自是小蓬瀛。
氣蒸雲夢澤，波撼岳陽城。
帝子有靈能鼓瑟，淒然依舊傷情。
微聞蘭芝動芳馨。
曲終人不見，江上數峰青。

筆者另一部作品《精英必備的素養：全唐詩》曾提過，滕宗諒明顯是左腳踩著孟浩然的肩膀（按：「氣蒸雲夢澤，波撼岳陽城」出自《望洞庭湖贈張丞相》），右腳踩著錢起的肩膀（按：「曲終人不見，江上數峰」出自《省試湘靈鼓瑟》），立足點高，但畢竟晃晃悠悠的站不穩。他頗有自知之明，也有知人之明，立刻寫信給好友范仲淹說：「好山、好水，如果沒有樓臺登高覽勝，就難以名傳四海，高樓雄臺如果沒有文字記述頌揚，就難以名傳百代，所以特請兄臺寫篇《岳陽樓記》，共襄盛舉。」

從後來的歷史發展我們可以看到，滕宗諒還是很有先見之明的。**自知、知人、先見這三個難得的「之明」他都具備了，想不名垂青史也難**。滕宗諒知道范仲淹之前還沒有機會來過洞庭湖和岳陽樓，光憑想像實在難為無米之炊，便隨信送來一幅《洞庭晚秋圖》，以供范仲淹在寫作細節時參考。

對於好友的請求，范仲淹當然不會拒絕。他備好筆墨，將《洞庭晚秋圖》展開掛起，開始端詳起來，準備認真的完成這篇看圖作文。結果他這麼仔細一看，不由得一拍大腿，叫聲「不好」。原來整幅圖居然只畫了洞庭湖，卻連岳陽樓的一片瓦也沒有畫出來。現在自己不但沒登臨過岳陽樓，甚至連它的圖形也沒見到，這篇《岳陽樓記》可讓人怎麼寫呢？

這樣的問題，難得住別人，可難不住范仲淹。既然不知道岳陽樓本身是什麼樣子，乾脆就只寫在岳陽樓上向外看到的湖景吧，即放棄岳陽樓，聚焦洞庭湖。對於一代文豪范仲淹來說，有滕子京的來信和眼前這幅畫就足夠了。他默默醞釀，成竹在胸，開始奮筆疾書：

慶曆四年春，滕子京謫守巴陵郡。越明年，政通人和，百廢俱興。乃重修岳陽樓，增其舊制，刻唐賢今人詩賦於其上。屬予作文以記之。

第一段說明作此記的緣由，特別表揚了滕子京的政績，指出他是忙好了正事之後，用餘興修的岳陽樓，免得又有人去攻擊他在不務正業的大興土木。滕子京正是藉著文章的這個開篇名留後世。短短五十字的簡練開頭，創造了**「政通人和」**、**「百廢俱興」**兩個成語。然而，這只是牛刀小試而已，接下來進入宏觀的景物描寫：

予觀夫巴陵勝狀，在洞庭一湖。銜遠山，吞長江，浩浩湯湯，橫無際涯；朝暉夕陰，氣象萬千。此則岳陽樓之大觀也，前人之述備矣。然則北通巫峽，南極瀟湘，遷客騷人，多會於此，覽物之情，得無異乎？

銜、吞兩個字，將洞庭湖全景的波濤浩淼，描繪得淋漓盡致，順手再製造出浩浩蕩蕩（按：湯通蕩）、氣象萬千等成語。既然前人的描寫已經完備，比如有孟浩然的「氣蒸雲夢澤，波撼岳陽城」和杜甫的「吳楚東南坼，乾坤日夜浮」這樣的名句在前，我就不再獻醜，即「人詳我略」。范仲淹的筆鋒由從岳陽樓向外遠眺的大觀，直接跳過按照常規思路，接下來本應對岳陽樓本身所進行的描寫，巧妙的反問過渡到登樓覽物之人的心情。這方面前人還沒有寫過，要多花點筆墨，這個叫「人略我詳」。

寫文章的步調要訣是先抑後揚，那就先寫一段悲涼的：

若夫淫雨霏霏，連月不開，陰風怒號，濁浪排空；日星隱曜，山岳潛形；商旅不行，檣傾楫摧；薄暮冥冥，虎嘯猿啼。登斯樓也，則有去國懷鄉，憂讒畏譏，滿目蕭然，感極而悲者矣。

覽物而悲者，就是那些被讒言搞得遠離京城、懷念故鄉的人。滕子京是河南洛陽人，離開京城開封到巴陵，既是去國，又是懷鄉。范仲淹勸導滕子京，不要成為受到打擊、排擠就悲觀的人，這種人只是襯托的綠葉。同時他沒有忘記製造出**淫雨霏霏**、**滿目蕭然**兩個成語。接著筆鋒一轉：

至若春和景明，波瀾不驚，上下天光，一碧萬頃；沙鷗翔集，錦鱗游泳；岸芷汀蘭，鬱鬱青青。而或長煙一空，皓月千里，浮光躍金，靜影沉璧，漁歌互答，此樂何極！登斯樓也，則有心曠神怡，寵辱偕忘，把酒臨風，其喜洋洋者矣。

這一段是描寫覽物而喜者。心情好，產出就高，**范仲淹一口氣創造幾個成語**：波瀾不驚、一碧萬頃、鬱鬱青青、皓月千里、心曠神怡、把酒臨風。如果你以為這裡就是文章的高潮，那就大錯特錯了。范仲淹不希望滕子京成為熱愛大自然的美好風光，而把國家人民丟到一邊去的人，這種人同樣是做陪襯的綠葉。而且他不滿足於僅僅製造一批成語而已，接下來他製造一組千古名句：

嗟夫！予嘗求古仁人之心，或異二者之為。何哉？不以物喜，不以己悲。居廟堂之高則憂其民，處江湖之遠則憂其君。是進亦憂，退亦憂。然則何時而樂耶？其必曰，先天下之憂而憂，後天下之樂而樂乎。噫！微斯人，吾誰與歸？

前兩段用對比的寫法，一陰一晴、一悲一喜，卻都只是鋪墊。最後一段突然將這兩種人一起否定，他們都是浮雲、都是要抑的。范仲淹真正要揚的，是「不以物喜，不以己悲」的涵養；是「居廟堂之高則憂其民，處江湖之遠則憂其君」的責任感；還有「先天下之憂而憂，後天下之樂而樂」的境界。倘若世間沒有這種人，我該追隨誰呢？表達了對於此崇高人格的嚮往。范仲淹寫此記構思別出心裁，下筆一氣呵成。行文立意之奇、格局境界之高，不得不讓人佩服。

正如劉禹錫沒有去過金陵，就能在金陵懷古的詩歌比賽中奪魁一樣，范仲淹沒有去過洞庭湖，卻能在關於洞庭湖和岳陽樓的所有文章中折桂，天才的世界真不是我等凡人所能理解的。

這篇氣勢磅礴的《岳陽樓記》，絕對是中國歷史上最有名的看圖作文。它和《滕王閣序》一起成為登臨之作的雙璧。滕子京說，高樓、高臺如果沒有文字記述頌揚，就難以名傳百代，事實誠然如此。岳陽樓正是因為這篇氣質高華的記文，而成為千百年來人們嚮往的名勝，更是在精神上有所追求之人的朝聖之地。

敵友皆無差評的第一流人物

孟子說過，達則兼濟天下，窮則獨善其身，這是歷代許多知識分子立身處世的信條。范仲淹當時貶官在外，屬於處江湖之遠，本來可以獨善其身，在許多事情上閉口不言自己去清閒快樂，就像晚年的白居易。但是他仍然以天下為己任，經常為國計民生向朝廷上書言事。現在他用「先天下之憂而憂，後天下之樂而樂」勉勵滕子京，更是自勉，這樣的人格在中國歷史上光耀千秋。范仲淹這樣的人，是中國古代知識分子的楷模、是中國人的脊梁、是我們今天依然取之不盡用之不竭的精神源泉。

范仲淹這種兼濟天下的胸懷，體現在很多事情上。他在蘇州做官時，曾經購得一塊宅基地準備建造私第，有看風水之人恭維道：「在這塊地上建房的家族，會代代出卿相。」范仲淹聽了就說：「**如果真是這樣，我不敢用它來成為我一家的私益。**」隨即將這塊地捐出來，在其上建成了蘇州府學。這樣高風亮節的人物，在中國幾千年歷史上，能有幾位？

眼高於頂的改革家「拗相公」王安石，讚譽范仲淹名節無疵，堪為一世之師。王安石的終身政敵兼歷史學家司馬光，稱范仲淹前不愧於古人，後可師於來者。浪漫的大詞人黃庭堅論范仲淹為當時文武第一人；刻板的朱熹聖人也評范仲淹為**本朝第一流人物**。以上是與范仲淹同在宋朝的名人們的評價。

到了元代，元好問為范仲淹做了總結陳詞：「在布衣為名士，在州縣為能吏，在邊境為名將。其材、其量、其忠，一身而備數器。在朝廷則孔子所謂『大臣』者，求之千百年間，蓋不一二見，非但為一代宗臣而已。」有這些立場各異、身分各異的絕頂人士的交口稱讚，范仲淹在歷史上的地位就無須贅言了。

范上書三次，遭痛貶三次

范仲淹很欽慕東漢的隱士嚴光，在出任睦州（今浙江淳安）太守時曾為其興建祠堂，並寫了一篇記。

嚴光，字子陵，年少時與後來的東漢光武帝劉秀是同窗好友。劉秀掃平亂世當上皇帝以後，多次派人聘請嚴子陵出來做官，但他躲到富春山裡去垂釣，那裡就是現在的嚴子陵釣臺。後來劉秀總算把嚴子陵請到皇宮中敘了一次舊，夜深談累之後，兩人就像同學時代一樣擠在一張床上睡了。半夜裡嚴子陵一個翻身，腳翹到了皇帝的肚子上。

第二天，主管觀測天象的太史令跑來上奏：「大事不好了，天象顯示有新星會冒犯皇上（客星犯御座，甚急）！」劉秀笑道：「不要緊，是朕與老同學睡在一張床上而已（朕故人嚴子陵共臥耳）。」

嚴子陵回去以後，劉秀寫信給他說：「古大有為之君，必有不召之臣，朕何敢臣子陵哉？」先將嚴子陵抬到天上，隨後語氣一轉：「現在天下剛剛平定，建設國家的宏圖大業讓朕如履薄冰，好像身患重病的人，必須倚杖而行才能免於摔倒，你還不願意出來幫忙嗎？」這就有點威脅的意思了。但嚴子陵最終還是不肯做官，劉秀也不再勉強。嚴子陵作為知識分子的獨立氣節，和劉秀作為統治者的容人氣度，兩者相映生輝，是中國君主集權歷史上少見的一段佳話。

范仲淹在《嚴先生祠堂記》的結尾讚嘆：「雲山蒼蒼，江水泱泱，先生之風，山高水長。」在筆者看來，這四句正是范仲淹自己高尚人格的寫照。

對范仲淹來說，嚴光是無緣得見的前代高人，而另一位中國歷史上的著名隱士林逋，正好生活在他的時代，與他成為了忘年交。范仲淹做大理寺丞的時候，比他年長二十二歲的林逋寫了一首《送范希文寺丞》贈給他：

林中蕭寂款吾廬，亹亹猶欣接緒餘。
去棹看當辨江樹，離尊聊為摘園蔬。
馬卿才大常能賦，梅福官卑數上書。
黼座垂精正求治，何時條對召公車？

頸聯將范仲淹與兩位漢朝名人相比。西漢武帝時的大才子司馬相如，字長卿，馬卿是他的簡稱，寫過《子虛賦》、《上林賦》、《長門賦》等名賦；西漢末年的芝麻小官梅福，看到外戚專權朝政日非，不顧職位卑微，多次上書指陳時事，妄議大政方針，寫下了「天下以言為戒，最國家之大患」的警句，**司馬光在《資治通鑑》中全文轉載**。林逋誇讚范仲淹的文采比得上司馬相如，職位低下依然憂國憂民屢次上書的精神比得上梅福。

范仲淹第一次被貶是因為上書請求劉太后歸政，同僚們為他送行時說：「范君此行，極為光耀。」

第二次被貶是因為上書勸諫宋仁宗，不要因為小事廢掉郭皇后，同僚們為他送行時說：「范君此行，愈為光耀。」

第三次則是因為上書直指宰相呂夷簡用人不當，被呂夷簡責為勾結朋黨（按：泛指士大夫結成利益集團）。這次來給他送行的同僚就少得多了，因為誰也不願意沾上朋黨的罪名。大臣王質獨自帶著好酒去為范仲淹餞行，別人問他：「你就不怕被牽連嗎？」王質回答：「**如果能跟希文這樣的人結為朋黨，那是我的榮幸。**」聽者無言以對。王質舉杯為范仲淹壯行道：「范君此行，尤為光耀。」范仲淹哈哈大笑：「我這已經是三光了啊。」

此後范仲淹的好友梅堯臣寫了一首《靈烏賦》寄給他，告誡他別在朝中直言不諱、囉囉嗦嗦，免得被當作聒噪的烏鴉，你明明是將不好的結果預先告知，人家反而認為你不祥。范仲淹也回答了一首《靈烏賦》，說自己**「寧鳴而死，不默而生」**。堅持反覆進諫，是因為重要的事情說三遍，皇帝才有可能重視。

和靖先生未娶妻，七世孫哪來的？

范仲淹的忘年交林逋，字君復，是中國歷史上一隻手數得著的著名隱士。因為他逝世之後宋仁宗賜諡號「和靖先生」，所以世稱林和靖。如果為歷代詠梅詩排名，林逋的《山園小梅》基本上穩居榜首：

眾芳搖落獨暄妍，占盡風情向小園。
疏影橫斜水清淺，暗香浮動月黃昏。
霜禽欲下先偷眼，粉蝶如知合斷魂。
幸有微吟可相狎，不須檀板共金樽。

中國歌手沙寶亮的〈暗香〉，出處就在這裡了。梅花隱隱約約似有還無的清幽香氣，特別契合中國的傳統文化，在品位上勝於濃烈有餘但含蓄不足的桂花、水仙等，成為文人墨客心目中的頂級花卉。所以**歐陽修評論「前世詠梅者多矣，未有此句也」**；王士朋的評價，則是「暗香和月人佳句，壓盡千古無詩才」。

王居卿擔任揚州知府時，曾經和路過的蘇軾飲酒聊天。王知府高談闊論：「和靖先生詠梅花為『疏影橫斜水清淺，暗香浮動月黃昏』，誠然是佳句。但如果拿來詠杏花與桃李，也都可以用嘛。」東坡笑道：「可以是可以，只怕杏花與桃花不敢承當。」一座賓客都為之莞爾。

其實林和靖此句並非原創，五代南唐詩人江為有一聯「竹影橫斜水清淺，桂香浮動月黃昏」，詠的是竹子和桂花，**林和靖只改了兩個字**，變成疏影和暗香，用以詠梅，遂成絕唱。如果放在今天，不知道會不會被江為告抄襲，但林詩這兩字的境界明顯遠遠高出原詩，可謂點石成金。

此詩題目中的山園，就是林逋在西湖孤山上自己種的梅園。他隱居在這個冷清寂寞而美不勝收的地方，二十年足跡不進城市，終身沒有出來做官。歷史上終身不做官的隱士不只林逋，使他獨一無二的，是他還終身不娶不育，沒有積極回應政府的鼓勵生育政策。他在植物中單單喜歡種梅花，在動物中單單喜歡養仙鶴，自稱「以梅為妻，以鶴為子」，所以人家說他是梅妻鶴子。

南宋時有個叫林可山的人，很想和前輩大名士林逋攀上關係，到處自稱是和靖先生的七世孫，卻不知人家終生未娶。姜夔（按：音同葵）就作了一首打油詩嘲笑他：

和靖當年不娶妻，因何七世有孫兒？
若非鶴種並梅種，定是瓜皮搭李皮。

梅妻鶴子看起來雖然風雅，但估計當時有很多人私下認為，林和靖一輩子沒老婆，只能說明他是個不解風情的人而已。這個誤會要到元朝才得以糾正。

杭州原來算是遠離中原政治中心、適合隱居的偏遠城市，孤山更是這個城市中的偏遠郊區，沒想到在宋室南遷之後，一下子變成了都城的黃金風景地帶。宋高宗趙構下旨，把孤山上原有的人家和墓地都遷出去，騰出地方來修建皇家專用寺廟，唯一留下沒動的就是和靖先生之墓。

趙構主謀殺害了名將岳飛，某種意義上講算是賣國賊，不過他也是文化人，尊敬林和靖；而之後來的文革時代，紅衛兵雖然號稱愛國卻暴鏟岳飛墓、孔子墓，這個愛國和賣國的區別真是讓人風中凌亂。

愛國，多少罪惡假汝之名而行。

九泉之下的林逋更為不幸，還沒有等到革命小將來折騰，就已經不得安生了。元朝的西夏藏傳佛教薩迦派和尚楊璉真伽，掘遍南宋諸皇帝、皇后、公侯卿相的墳墓，以斂財修建佛寺。他以為林逋是大名士必有很多珍寶陪葬，於是毫不猶豫的挖開了他的墓葬，結果發現只有一方烏黑的端硯和一支碧綠的女式玉簪。

端硯乃文房四寶之一，自然是林逋心愛的日常用品；但他是一個大男人孤身生活，**為什麼會有女款玉簪陪他入葬呢？**有些人猜，林逋很可能在青年時，有過一段刻骨銘心的感情經歷，所以終身不娶，甚至灰心於世俗，以至於早早歸隱林泉，終老此生。有了這一支玉簪，原本看起來不解風情的林逋，瞬間成了位至情至性之人。

晏幾道在他的《長相思》中寫道「若把相思說與誰？淺情人不知」，而林逋絕對是深情人，他也用一首《長相思》證明了這一點：

吳山青，越山青。
兩岸青山相對迎，誰知離別情？
君淚盈，妾淚盈。
羅帶同心結未成，江邊潮已平。

此詞用同字押韻，回環往復一唱三嘆，柔情似水彷彿要滿溢出來，而且吳越之地的青山綠水，地方風情濃烈得化不開，確實令人回味。林逋的傑作本來很可能遠不只《山園小梅》和《長相思》，只是他平時完成詩後，便隨手丟在一邊，從不留存手稿，這一點和唐朝詩人賈島完全不同。

朋友問林逋：「你為什麼不將詩稿保存下來留給後世？」他回答：「我隱居在山林之間，連現在都不想靠寫詩出名，更何況去追求身後之名呢？」隱士心態堅決徹底。朋友中還是有人覺得可惜，就偷偷將他的詩記下來，才保留了少數傳世之作。我們今天能品到「疏影橫斜水清淺，暗香浮動月黃昏」的千古佳句，應該感謝這位有心的朋友。

第七章

紅杏枝頭春意鬧，雲破月來花弄影

讓我們回到桃李滿天下的晏殊。宋仁宗年間，晏殊主持進士考試，擬定的頭名是安陸人宋祁（按：音同奇），第三名是安陸人宋庠（按：音同詳）。名單呈到垂簾聽政的章獻太后劉娥那裡，太后一看前三名裡居然有兩個安陸人姓宋，便問晏殊：「這宋祁和宋庠是親戚嗎？」晏殊答道：「宋祁乃宋庠之弟。」太后眉頭一皺：「長幼有序。若是將弟弟排在哥哥前面，這位哥哥的面子上不太好看啊。」

朱筆一揮，將狀元定為哥哥宋庠。如果只是這樣也罷了，她不知出於什麼考慮，又將宋祁的名字一口氣降到第十位。兄弟倆同科及第，人們遂以「大宋」、「小宋」相分別，時人號為「雙狀元」。因為晏殊是這一屆的主考官，所以宋氏兄弟成了晏殊的門生。

蓬山不遠，宋祁搶走皇上的女人

宋祁，字子京，比晏殊小七歲。他雖然沒有被官方定為狀元，但其才氣、名氣和在詩詞史上的地位都超過兄長宋庠；而且瀟灑倜儻，顏值很高，是京城裡的少女殺手。

有一天，宋祁信步走在開封城最熱鬧的繁台街，正巧遇上宮廷的車隊迎面而來，連忙側身讓道。一輛宮車從他身邊緩緩經過時，聽得一女子輕聲道：「這不是小宋嘛。」子京聽有人說到自己的名字，連忙抬頭一看，只見一位年輕宮女將車簾挑起一角，瞟了他一眼，捂嘴燦然一笑，然後放下簾子，宮車揚長而去。這下搞得宋祁心旌搖盪，回家後三天三夜耳中都是那位女子的巧笑倩兮，眼中都是那位女子的美目盼兮。小宋茶飯不思、魂不守舍，提筆寫下了一首《鷓鴣天》：

畫轂雕鞍狹路逢，一聲腸斷繡簾中。
身無彩鳳雙飛翼，心有靈犀一點通。
金作屋，玉為籠，車如流水馬如龍。
劉郎已恨蓬山遠，更隔蓬山幾萬重。

詞中的「身無彩鳳雙飛翼，心有靈犀一點通」，一字不改的挪用李商隱的無題詩，在此處與情節相配得嚴絲合縫。「車如流水馬如龍」來自李煜的《望江南》中，「還似舊時游上苑，車如流水馬如龍，花月正春風」一句。

尾句的原型則是李商隱的另一首無題詩，「劉郎已恨蓬山遠，更隔蓬山一萬重」。若能將李商隱的一眾《無題》運用之妙存乎一心，你就擁有如文藝青年寫情詩的高技巧能力。宋祁改「一萬重」為「幾萬重」，比原詩更加惆悵的心情躍然紙上。**整首詞有一大半是化用前人的詩句，卻聯綴得渾然一體，妙趣天成。**

這首新詞一寫好，立刻在汴梁城傳唱開來。京師作為潮流的風向標，居民們都擁有一顆永不停歇的八卦之心，詩歌背後那浪漫的故事起到推波助瀾的巨大作用，以至於新詞和故事一起傳入了深宮中皇帝的耳朵。

宋仁宗將當天車隊上的宮女都召集起來詢問道：「那天是第幾車上的誰叫了小宋？」宮女們面面相覷，不敢作聲。

最後終於有位美貌宮女膽怯的站了出來，害羞的回答：「有一次奴婢們去侍候御宴，碰巧遇到宣召翰林學士，聽左右大臣說『這是小宋』，就此認得他。那天奴婢坐在宮車裡，偶然看見他在路邊行走，不覺脫口叫了一聲而已。」

仁宗微微點頭，隨即就召宋祁上殿，問他：「聽說宋愛卿最近做了一首『更隔蓬山幾萬重』的好詞？」子京一聽，腦袋嗡的一聲立刻懵掉了，心說怎麼這詞連皇上都知道了！古代的宮女是皇帝的禁臠，想和皇帝搶女人可算大逆不道，宋祁不禁誠惶誠恐，汗透重衣。正在他手足無措之時，仁宗哈哈大笑道：「蓬山不遠！」當即宣布將那宮女賜給他。子京因這首詞而得一段姻緣的佳話，令當時的文人騷客們無不稱羨。

過去的鹹菜稀飯，為的是現在的歌舞享樂

宋祁的文章見識都很高，但不像哥哥宋庠那麼端莊穩重，而是喜歡歌舞享樂。有一年的元宵佳節，宋庠在書院中一燈如豆（按：出自清魏子安《花月痕》，形容燈光暗弱）苦讀《周易》，家僮跑來偷偷告訴他：「大人的弟弟正在家裡大紅燈籠高高掛，抱著歌姬痛飲爛

醉呢。」暗示宋庠：這大元宵節的，我還得窮極無聊的伺候你讀書，要是跟著你弟弟，現在可是派對時間。

第二天清早，宋庠專門派這位書僮傳話給宋祁，教他這樣說：「我家相公寄語學士，聽說您昨晚華燈夜宴，窮奢極侈。不知是否還記得十年前的元宵節，咱們倆人在冷冷清清的州學裡吃鹹菜稀飯的時光嗎？」看樣子宋氏兄弟和范仲淹在少年時用的是同一本食譜。

書僮走後，宋庠得意的撫掌微笑，心想自己這番憶苦思甜的革命教育，應該能同時敲打弟弟和書僮這兩個不靠譜的孩子。不一會兒書僮回來覆命，宋庠得意的問：「你傳了我的話去，子京可有愧色？」書僮回答：「學士笑道：『回去寄語相公，不知那些年咱們天天在州學裡吃鹹菜稀飯，又是為了什麼呢？』」宋庠氣得張口結舌，下面的話都咽回了肚子裡。

在宋祁看來，吃鹹菜稀飯、刻苦讀書到底是為了什麼呢？在宋氏兄弟寒窗苦讀的那些年，當時的皇帝宋真宗趙恆御製了一篇《勸學詩》：

富家不用買良田，書中自有千鐘粟。
安居不用架高堂，書中自有黃金屋。
出門莫愁無人隨，書中車馬多如簇。
取妻莫愁無良媒，書中自有顏如玉。
男兒欲遂平生志，五經勤向窗前讀。

為什麼讀書的答案，正在這著名的「書中自有黃金屋」、「書中自有顏如玉」裡。既然讀書就是為了求取功名，以換取黃金屋和顏如玉，那麼求得功名之後，自然應該及時行樂了。宋祁遵循了宋真宗的御用價值觀，政治上正確得無懈可擊，本來想教育弟弟的宋庠反而被弟弟教育，只能無言以對。

刻苦讀書——金榜題名——出將入相，這一條清晰的人生軌跡在皇帝的宣傳鼓動下，成為宋朝讀書人的終極理想，其影響一直流傳至今。讓我們看看宋人汪洙家喻戶曉的《神童詩》是如何為此搖旗吶喊的，相信你一定會驚喜，原來這些俗話的出處在這裡：

天子重英豪，文章教爾曹。
萬般皆下品，惟有讀書高。
……
久旱逢甘雨，他鄉遇知音，
洞房花燭夜，金榜題名時。
……
朝為田舍郎，暮登天子堂。
將相本無種，男兒當自強。
……

宋祁這種享受生活的性格，自然和晏殊氣味相投，師生倆情深誼濃。晏殊做宰相時，自己出錢在家附近租了一間大宅子給子京住，就是為了想和他喝酒聊天時，走動起來方便些，兩人間的關係親密至此。

慶歷年間的一個中秋佳節，晏殊邀請宋祁來家裡飲酒賦詩，歌姬樂隊都上場助興。美人醇酒相伴之下，兩人詩情勃發逸興橫飛，一唱一和直至淩晨方散。

既然天色已亮，晏殊這個覺也不用睡了，直接洗漱後上朝。不料天有不測風雲，那天有人彈劾晏殊當年在劉太后垂簾時，為宋仁宗的生母李宸妃寫的墓誌銘，只說她生了一個女兒，並未提及她誕育了當今天子，在立場方面大有問題。仁宗一怒之下決定將晏殊罷相，下放去做地方官，詔書就由翰林學士宋祁來寫。

詔書當場宣讀時，晏殊簡直不敢相信自己的耳朵。因為子京在詔書裡痛斥晏殊「廣營產以殖私，多役兵而規利（按：宋祁避開宋仁宗生氣的原因，說晏殊因貪汙受賄才受罰）」，寫得是慷慨激昂、文采飛揚。旁觀的大臣們一邊聞著宋祁身上殘留的昨夜酒香，一邊聽著這匕首和投槍般的文字，無不驚駭嘆息。

至於晏殊本人當時的感受如何，更是可以想像。筆者認為宋祁此舉其實深藏官場智慧，**故意以這種不痛不癢的輕罪斥責晏殊**，讓仁宗為母親出了一口氣，也使得晏殊免受更深的追究。

張先愛三影更勝愛三中

使得宋祁能名垂中國詩詞史的，當然不是那首聯綴前人名句的《鷓鴣天》，而是下面這首《玉樓春》：

東城漸覺風光好，縠皺波紋迎客棹。
綠楊煙外曉寒輕，紅杏枝頭春意鬧。
浮生長恨歡娛少，肯愛千金輕一笑？
為君持酒勸斜陽，且向花間留晚照。

春光明媚、及時行樂，這是宋祁的最愛，也是宋朝人的最愛。一句「紅杏枝頭春意鬧」，生氣勃勃、畫龍點睛。此詞一出，在當時便譽滿京華。

有一次，宋祁路過另一位著名詞人張先家，想進去拜訪，便命下人叩門：「我家尚書宋大人（按：宋祁時任工部尚書）想拜會『雲破月來花弄影』郎中。」張先在屋內聽見，立即朗聲回應道：「莫非是『紅杏枝頭春意鬧』尚書？」隨即開門迎客。兩人哈哈大笑，把酒言歡。自此宋祁便有了「紅杏尚書」的雅號。

王國維先生在《人間詞話》中將兩人的代表句提名並稱：「『紅杏枝頭春意鬧』，著一『鬧』字，而境界全出。『雲破月來花弄影』，著一『弄』字，而境界全出矣。」

張先，字子野，比晏殊大一歲。因為他曾任安陸縣的知縣，因此人稱「張安陸」。宋祁正是安陸人，兩人頗有緣分。張先被宋祁稱賞的這首詞是《天仙子》：

水調數聲持酒聽，午醉醒來愁未醒。
送春春去幾時回？
臨晚鏡，傷流景，往事後期空記省。

沙上並禽池上暝，雲破月來花弄影。
重重簾幕密遮燈，
風不定，人初靜，明日落紅應滿徑。

有朋友恭維張先：「子野兄，你可知道很多人叫你『張三中』？**因你擅長寫心中事、眼中淚、意中人。**」張先問：「何以見得？」朋友就拿張先的《千秋歲》為例：

數聲鶗鴂，又報芳菲歇。
惜春更把殘紅折。

雨輕風色暴，梅子青時節。
永豐柳，無人盡日花飛雪。

莫把么弦撥，怨極弦能說。
天不老，情難絕。
心似雙絲網，中有千千結。
夜過也，東窗未白凝殘月。

瓊瑤阿姨也非常喜歡此詞，給自己的一本小說起名叫《心有千千結》，後來拍成了同名電影。

但張子野並不認為這是自己的最得意之作，眉頭一皺：「為什麼不叫我『張三影』呢？」朋友不解何意。張先傲然道：「『雲破月來花弄影』、『嬌柔懶起，簾幕卷花影』、『柳徑無人，墮絮飛無影』，這可是在下平生最得意的三句啊！」既然張先這麼自鳴得意，朋友們就順著他的意，開始叫他「張三影」，張先大樂。可見張先寫詞，這個「影」字用得很上癮。

張先風流終生，高齡結婚紀錄無人能超越

傳說張先年少時喜歡上一位美貌的小尼姑。雖然追求尼姑的難度係數非常大，但張先想：「和尚動得，我動不得？」不拋棄、不放棄，終於追到小尼姑，正式建立了戀愛關係。小尼姑的師父滅絕師太為了不讓弟子招蜂引蝶，將她關在一個湖中小島的閣樓上。但這淺淺的湖水，怎麼難得住張先這種在多巴胺和荷爾蒙雙重激勵下的年輕男子？到了月黑風高的夜晚，張先便偷偷划著一艘小船上島，小尼姑悄悄放下梯子讓他爬上樓。當滅絕師太發現後，果斷採取措施，勒令兩人分手。張先對初戀情人眷念難忘，填了首《一叢花令》來紀念這段感情：

傷高懷遠幾時窮？無物似情濃。
離愁正引千絲亂，更東陌、飛絮濛濛。
嘶騎漸遙，征塵不斷，何處認郎蹤？
雙鴛池沼水溶溶，南北小橈通。
梯橫畫閣黃昏後，又還是、斜月簾櫳。
沉恨細思，不如桃杏，猶解嫁東風。

最後一句「不如桃杏，猶解嫁東風」，憤怒控訴舊社會中的青年男女，沒有戀愛自由的黑暗事實。哦，不對，在這個故事中是佛門女子沒有戀愛自由的黑暗事實。三百多年後的峨眉山上，掌門師姐周芷若在夜深人靜之時，思念張大教主無忌郎君，就是含淚默唸一句此詞，一邊撥過一顆佛珠。

《一叢花令》盛傳一時，歐陽修尤其喜愛，特別遺憾自己比張先小了將近二十歲，一直沒有機會結識。後來張先路過歐陽修家，投上名片拜謁。歐陽修本來正在休息，一看門童遞上來的名片，高興得從床上一躍而起，叫道：「這是『桃杏嫁東風』郎中到啦！」立刻奔出大門去恭迎張先，匆忙之中把鞋都穿反了。所以張子野一生有三個雅號，一個是宋祁送的「雲破月來花弄影郎中」，一個是歐陽修講的「桃杏嫁東風郎中」，還有一個是自己取的「張三影」。

一般人年輕時風流一、兩次並不少見，少見的是風流一輩子，但張先做到了這一點。他在八十歲時娶了一位十八歲的女子為妾。老人家在婚宴上春風得意的賦詩一首：

我年八十卿十八，卿是紅顏我白髮。
與卿顛倒本同庚，只隔中間一花甲。

六十二歲的年齡差距，超過了一個甲子，但反正詩歌這種藝術形式也不講究嚴謹。席上客人中有張先的忘年交、剛過而立之年的蘇軾同學，即興附和了一首：

十八新娘八十郎，蒼蒼白髮對紅妝。
鴛鴦被裡成雙夜，一樹梨花壓海棠。

大家不要以為張先娶這麼年輕的小妾，是白白浪費人家的青春，據說這個女子後來為他生了兩男兩女。張先一生共育有十子兩女，年紀最大的大兒子和年紀最小的小女兒之間相差六十歲，倒真的是「中間只隔一花甲」。大家也不要以為張先就是年齡最大的新郎，你應該記得諾貝爾獎得主楊先生（按：楊振寧，中國理論物理學家，在一九五七年獲得諾貝爾物理學獎）八十二歲時還能娶二十八歲的女士，那才是真愛。遺憾的是，他並沒有打破張子野的紀錄。

五年之後，也就是張先八十五歲高齡之際，居然又買了一位年輕女子回家做妾。這次蘇軾雖未能躬逢其盛，但繼續發揚其一貫的娛樂精神，寫了首《張子野年八十五尚聞買妾述古令作詩》寄過去，調侃張先「**詩人老去鶯鶯在，公子歸來燕燕忙**」。張先閱後，還和了蘇軾一首寄回，內有一句「愁似鰥魚知夜永，懶同蝴蝶為春忙」，辯解說老夫我痛失老伴，長夜漫漫孤寂難熬，娶妾只是為了排解寂寞，並不是真的風流成性。

第八章

晏殊提攜歐陽修，歐陽修讓晏殊罷相

讓我們再回到大眾伯樂晏殊這根主幹上。他舉薦范仲淹，結果范仲淹在章獻太后面前闖的禍讓他心臟狂跳；他偏愛宋祁，結果宋祁寫的罷相詔書讓他顏面盡失；他還有另外一位著名弟子，和他的關係也是一波三折。

學術兼環保教育，培養出一代文豪

宋仁宗年間，晏殊有一次主持省試，出了個刁鑽古怪的題目《司空掌輿地之圖賦》。如果你不知道該怎麼分斷這個長片語，不需要自卑，因為當時場內的考生，也就是全國的頂尖精英，幾乎都不明白這個題目的意思，就算上前求問，也是問得驢脣不對馬嘴。最後只有一個瘦弱、貌不驚人的年輕人獨自走到簾前問道：「這個賦題出自於《周禮・司空》。鄭康成（東漢經學家鄭玄）注云：『如今（漢朝）之司空，職責是掌管輿地之圖；而周朝的司空，職責可不只掌管輿地之圖而已。』不知道您這題目，是要我們寫周朝的司空呢？還是寫漢朝的司空呢？」

晏殊微微點頭答道：「今天這滿場之中，只有你一人識得考題的出處。題目是寫漢朝的司空。」這年輕人下去後落筆如飛，扣題精準，文采飛揚，於是晏殊將他定為省元。此人複姓歐陽，單名一個修字。從此歐陽修對晏殊執弟子之禮，以門生自稱。

歐陽修，字永叔，比晏殊小十六歲。他和范仲淹一樣命苦，三歲喪父，不過好在還有一位叔叔可以讓母親鄭氏帶著孩子去投奔。叔叔的家境也不是很富裕，鄭氏便用荻稈在沙地上寫字來作為歐陽修的啟蒙教育。沙地可以反覆塗寫，對已經濟節約，對公低碳環保，鄭氏這樣培養出一代文豪，絕對是一位偉大的母親。在優秀的家教之下，歐陽修自幼喜愛閱讀。叔叔家裡書不多，他就向藏書豐富的城南李家借書來邊讀邊抄，很多書在抄完的同時已經能夠背誦了。

歐陽修的童年經歷，很好的詮釋了所謂「天才就是百分之一的天賦靈感，還必須加上百分之九十九的勤奮汗水」。他十歲時從李家借到《昌黎先生文集》，大愛韓愈的古文，手不釋卷讀得廢寢忘食。後來歐陽修果然繼承和發展韓、柳的古文理論，領導了北宋的詩文革新運動。他作為宋朝文章的旗手，率領其後的三蘇、王安石、曾鞏，和唐朝的韓愈、柳宗元一起並稱為「唐宋八大家」。

歐陽修訂做狀元衣，卻只得十四名

拿到省元的歐陽修對於即將到來的殿試信心爆棚，預感自己定能一舉奪魁，於是特意訂製了一身時尚的新衣，準備到時候穿上它去做狀元秀。他在廣文館有個同窗好友叫王拱辰，比他小五歲，當時才年方十八，也獲得了殿試資格。考試前一天，閒著沒事的王拱辰偷偷披上歐陽修的新衣，得意的哈哈大笑：「我穿狀元袍子啦！」因為衣服不合身，歐陽修看著也忍俊不禁。第二天，仁宗在崇政殿親自主持殿試。考生們交卷後，皇帝仔細審閱了每一篇卷子，然後欽定名次放榜。歐陽修被列為第十四名，狀元正是王拱辰。

這個頗為出人意料的結果，並非因為王拱辰是天子腳下的開封府人，而歐陽修是偏遠的廬陵（今江西吉安）人。自從歐陽修的江西老表（按：老表為江西人對同省老鄉的稱呼。而江西老表則成為外省人對江西人一種較親切的稱呼）晏殊拜相以來，宋朝已經破除了對南方人的地域歧視。

仁宗認為王拱辰的文章立論高屋建瓴、文筆華麗流暢，於是將其定為狀元。不料王拱辰居然辭謝道：「這次的題目不久前我剛巧做過，所以被選為狀元實屬僥倖，請陛下改判與他人。」仁宗愛其誠實，還是維持原判，這個情節和晏殊當年的表現非常相似。

今天的人很容易懷疑王拱辰在作秀，但古人之風可沒有如今這麼惡劣。如果真是作秀，不必在這麼重要的關頭冒如此大的風險，要知道當年晏殊承認題目是自己做過的，就真的當場另做了一道題目。王拱辰狀元已經在手，沉默是金，如果仁宗真的讓他另做一道題目，可能煮熟的鴨子就要飛掉了。

歐陽修後來娶了宰相薛奎的二女兒，而薛奎的大女婿正是王拱辰，這上面也壓住歐陽修一頭。王拱辰的夫人去世後，他又續娶了薛奎的三女兒，繼續做歐陽修的連襟。直到這時候，歐陽修才終於算是高過了王拱辰，他興高采烈的送了一副對聯去作賀：「舊女婿為新女婿，大姨夫作小姨夫。」

順便說一聲，到了「慶曆黨爭」的時候，王拱辰站在杜衍、富弼、韓琦、范仲淹、滕宗諒、歐陽修一眾名臣的對立面，抓住滕宗諒的那點小錯不放，口碑很不好。就因為他的堅持彈劾，滕宗諒最後被貶到岳州，卻重修了岳陽樓名垂青史。王拱辰的孫女嫁給北宋文學家李格非，生了個女兒，芳名清照，是這一大家族中最有名的人。

庭院深幾許？歐陽、清照兩樣情

進士及第後，歐陽修被任命為西京推官，到了花花世界洛陽。他在這裡與梅堯臣、尹洙結為至交好友，經常在一起切磋詩文。當時他的上司是西京留守錢惟演，就是那位吳越王錢俶之子，要生吞活剝李商隱的西昆派領袖之一。錢留守非常優待歐陽修這批青年才俊，不但很少讓他們承擔瑣碎的公務，還公然支持他們吃喝玩樂搞文藝創作。

有一次，歐陽修一行人用假期到嵩山遊玩，最後一天正要下山時，突然大雪紛飛。大家一看山路不能走了，當天趕不回去。可是第二天還要上班，因此每個人都很焦急自己的考勤問題。正在手足無措之際，錢惟演派的使者趕到了，還帶來了府裡最好的廚子和歌伎，並傳留守大人的話說：「這幾日府裡沒什麼事，諸位不必急著趕回來，就在嵩山好好的賞雪作詩吧。」

職場得遇領導如此，夫復何求？為了對得起領導的照顧，歐陽修寫下了名作閨怨詞

《蝶戀花》：

庭院深深深幾許？
楊柳堆煙，簾幕無重數。
玉勒雕鞍遊冶處，樓高不見章臺路。

雨橫風狂三月暮，
門掩黃昏，無計留春住。
淚眼問花花不語，亂紅飛過秋千去。

在深深的庭院之中，百無聊賴的少婦望穿秋水，等待正遊樂於煙花之地的丈夫，盼其能早點歸來。眼看雨打落花，心傷年華老去。句首的「深深深」，疊字用得極為工巧，是全詞最有特色之處。瓊瑤阿姨曾用「庭院深深」四字作為其小說之名，後來拍了同名電影，男主角由秦漢飾演、劉雪華則擔任女主角，兩位都是風靡一時的影星。歐陽修的遠房親戚李清照曾經說：「歐陽公作《蝶戀花》，有『深深深幾許』之句，予酷愛之，用其語作『庭院深深』數闋。」其中一首《臨江仙》頗為有趣：

庭院深深深幾許？雲窗霧閣常扃。
柳梢梅萼漸分明。
春歸秣陵樹，人老建康城。
感月吟風多少事，如今老去無成。
誰憐憔悴更凋零。
試燈無意思，踏雪沒心情。

從最後兩句能看得出，李清照寫此詞時確實沒啥好心情。而在洛陽做官的歐陽修正處於他一生中心情最好的時候，和一個美貌官妓打得火熱。

有一天下午，錢惟演在後園和下屬們宴樂，梅堯臣、尹洙等人都早早到席，只有歐陽修和那女子很晚才一起來，在座其他人都用怪怪的眼神看著他倆。錢惟演責備女子說：「妳怎麼來得這麼晚？」女子滿臉通紅的答道：「中午太熱，去涼堂午睡，醒來不見頭上金釵，找了半天也沒有尋到，所以來遲。」錢惟演斜眼看看彷彿沒事人的歐陽修，給女子出了個題目：「如果妳能讓歐陽推官當場作詞一首，本官就補償妳一支金釵。」歐陽修聽了此話，即席賦出一闋《臨江仙》：

柳外輕雷池上雨，雨聲滴碎荷聲。
小樓西角斷虹明。
闌干倚處，待得月華生。
燕子飛來窺畫棟，玉鉤垂下簾旌。
涼波不動簟紋平。
水晶雙枕，傍有墮釵橫。

「水晶雙枕」之句頗有聯想空間，滿座風流才子都微笑稱善。錢惟演便命女子滿斟一大杯賞給歐陽修，然後讓她去買一支同款的金釵來找自己報銷，轉頭告誡歐陽修：「你還是要稍微收斂一點才好，年輕人既要注意身體，也要注意作為公務員的公眾形象嘛。」歐陽修點頭唯唯稱是。

一首《晏太尉西園賀雪歌》讓晏殊丟了官

俗話說「千里搭長棚，沒有不散的筵席」，歐陽修的好日子也是有盡頭的。錢惟演離職後，繼任者是老宰相王曙。王相爺為人端莊方正，管束下屬向來十分嚴格。他看這幫年輕人整天遊山玩水喝酒作詩，偏偏不務正業，心中十分不滿，想敲打他們一下。

有一天，王曙將歐陽修等人叫到一起，嚴肅的訓導道：「諸君縱酒太過度了，怎麼不吸取寇萊公（寇準）晚年因為耽於享樂，而被貶官的教訓呢？」說完便端起茶杯啜了一口。其他人都被訓得低頭屏氣眼睛也不敢抬，只有年輕氣盛的歐陽修回嘴道：「寇萊公被貶的原因，正是因為他老人家一把年紀了，還不知道致仕歸隱。」王老爺子剛喝進去的一口茶都被嗆得噴了出來。不過他最終安然不怒，並且事後也沒有對歐陽修進行打擊報復，這叫宰相肚裡能撐船。

三年後歐陽修任滿回京，離開洛陽前他填了這首《玉樓春》，記下對這座美麗城市的無限眷戀：

尊前擬把歸期說，欲語春容先慘咽。
人生自是有情痴，此恨不關風與月。
離歌且莫翻新闋，一曲能教腸寸結。
直須看盡洛城花，始共春風容易別。

所謂「情痴」，在一般人眼裡就是那種痴迷於愛情的人；但歐陽修眼中的「情痴」可不只是這麼狹隘的範圍，而是所有敏感細膩的有情之人。他不一定是愛上了一個人，也許是愛上了一座城。晉朝「竹林七賢」之一的王戎說過：「聖人忘情，最下不及情；情之所鍾，正在我輩。」《玉樓春》的前面三句柔腸寸結，最後一句突然變為豪邁奔放，恰似歐陽修的性格。

回到京師開封的歐陽修步入而立之年，開始從一個浮華少年慢慢變得成熟，關心起國家大事了。有一年冬天，閒得發慌的西夏人又來侵擾邊境，軍情緊急。歐陽修擔心身為樞密使（按：相當於現中國共產黨中央軍事委員會主席）的晏殊為國事過於操勞，便去老師家看望。沒想到晏殊正大擺宴席，鶯歌燕舞歡聲笑語，一點看不出國家正在打仗的樣子。歐陽修深感意外，即席賦詩《晏太尉西園賀雪歌》，結尾幾句寫道：

晚趨賓館賀太尉，坐覺滿路流歡聲。
便開西園掃征步，正見玉樹花凋零。
小軒卻坐對山石，拂拂酒面紅煙生。
主人與國共休戚，不惟喜悅將豐登。
須憐鐵甲冷徹骨，四十餘萬屯邊兵。

詩歌大意是國難當頭，老師您還在花天酒地，就沒想想邊關四十萬將士正在冰天雪地裡寒冷徹骨嗎？晏殊大怒，憤然對客人說：「當年韓昌黎同樣很能作詩，去宰相裴中立（裴度）家裡赴會時也只寫『園林窮勝事，鐘鼓樂清時』這樣的熱鬧語句，可不曾開如此過火的玩笑。」隨著歐陽修此詩的流傳，果然使晏殊背上了只顧個人享樂、不顧天下安危的名聲。大臣蔡襄聽說之後，上奏彈劾晏殊，晏殊因此罷相。從那以後晏殊就公開評價：「老夫看重永叔的文章，但不看重他的為人。」

這位蔡襄是宋朝四大書法家「蘇黃米蔡（按：即蘇軾、黃庭堅、米芾〔音同符〕、蔡襄等四人）」之一。北宋末年的大奸臣蔡京很仰慕蔡襄，自稱是他的族弟。也有人認為當年的「宋四家」之「蔡」原本指的是蔡京，但因為他名聲太臭，「骨朽人間罵未銷」，後人才改成了蔡襄。

蔡襄有一把濃密秀美的大鬍子，和關羽一樣是美髯公。仁宗皇帝有天下朝時偶然想起一事，回頭問蔡襄：「愛卿的這部鬚髯很美啊！你晚上睡覺時是將它蓋在被子裡面呢？還是放在被子外面呢？」蔡襄一時無言以對，因為以前從來沒有注意過這個問題。他當天晚上回家睡覺時，想起皇帝白天的問話，就先將鬍子放在被子裡面睡覺，覺得渾身不舒服；又將鬍子放到被子外面接著睡，還是覺得哪裡有點兒不對。蔡襄這樣將鬍子拿進拿出的折騰了一個晚上，到天亮了都沒闔眼。

著名漫畫《丁丁歷險記》中的阿道克船長，也是被人問了一句「你這麼大的鬍子，晚上睡覺時是放在被子裡面還是外面」，就一整晚糾結沒睡著。出現如此巧合的原因，筆者想應該是《丁丁歷險記》的作者比利時人艾爾吉，偷偷讀過宋朝的詩話。

小人「用」朋黨，君子交朋友

晏殊逝世後，歐陽修寫的《晏元獻公挽辭》開首一句「富貴優遊五十年，始終明哲保身全」，算是對老師的蓋棺論定。一般人都認為人死為大，對於已經入土為安的前輩大多只有溢美之辭，歐陽修這種寓貶於褒的輓辭估計又會引起一片爭議。同樣是得罪晏殊，同樣是快人快語、直言無忌，但歐陽修在忠恕之道上確實不及范仲淹。

其實**歐陽修的戰鬥精神並不只針對晏殊一位**，或者說他對晏老師已經算很客氣的了，他就是大臣中的戰鬥機。慶歷年間，范仲淹因為妄議大政方針直言遭貶時，很多大臣在朝廷上爭論力救，只有司諫高若訥認為該貶，歐陽修便直接給高若訥寫了一封信：「范希文平生剛正好學、博古通今，天下所共知，卻無辜被貶。您身為諫官不能分辨忠奸、不敢仗義執言，還有臉與士大夫們見面甚至出入朝廷，是不是不知人間還有羞恥二字啊？」高若訥大怒，立刻將這封信上交組織。朝廷認為歐陽修胡說八道，把他也貶了，去偏遠的夷陵當個小小縣令。

很多人覺得，這幫人居然如此不顧自身前程的護著已經落水的范仲淹，真是搞小團體的「朋黨（按：泛指士大夫結成的利益集團）」。為此歐陽修乾脆寫了一篇奏章《朋黨論》，說小人與小人以同利為朋，所以這種「朋」都是假的，結果是危害國家；只有君子與君子以同道為朋，這種「朋」才可能是真的，結果是造福國家。索性挑明承認我們君子之間就是「朋」，你們又能怎麼樣？

其實「朋」之一字，重在兩人之間保持好合理的距離；若是過於親密的擠在一處，就是互相利「用」了。

第九章

蘇家父子三詞客，千古文章八大家

歐陽修的朋友中間有許多妙人，比如他的親家宰相吳育。歐陽修曾經得到一幅古畫，上面畫著一叢牡丹，其下臥著一隻懶貓。永叔將它掛在廳中端詳了半天，也沒看出什麼精妙之處。

有一天吳育來訪，端詳了片刻就說：「好一幅《正午牡丹圖》。」歐陽修很是奇怪：「何以見得是正午？」吳育回答：「這牡丹花瓣披散而顏色乾燥，是正午時候的狀態。貓的瞳孔縮成一條線，也是正午時候的特點。」歐陽修不禁大笑，點頭稱是：「老兄真善於研究古人筆下的意境啊！」這則趣事的真實性非常高，因為出自著名的《夢溪筆談》，作者是歐陽修同時代的年輕人沈括。

練達鑄史，胸襟容人

因為得罪宦官，已經回朝位居高官的歐陽修，又被貶到同州（今陝西省渭南市大荔縣）去做知州。吳育的弟弟吳充對仁宗進言之後，皇帝撤銷這道命令，讓歐陽修留下來擔任翰林學士，和宋祁等人一起修《唐書》。因為之前臭名昭著的後晉「兒皇帝」石敬瑭命人修過唐史，所以後人就將那部稱為《舊唐書》，歐陽修、宋祁等人編撰的這部稱為《新唐書》。其中宋祁主要負責寫列傳部分，歐陽修主要負責本紀、志、表部分。

歐陽修的文風走的是韓愈那條簡潔通達的路子，童年時的《韓昌黎文集》可沒白讀，這個風格也貫徹到史書的編寫之中。有一次他和兩位修史的同僚一起出遊，恰好看見路上一匹奔馬踩死一隻狗，他就提議：「就這麼一件事，咱們看看誰能記錄得好？」

同僚甲說：「有犬臥於通衢（按：音同渠），逸馬蹄而殺之。」同僚乙則說：「有馬逸於街衢，臥犬遭之而斃。」歐陽修搖頭道：「要是像兩位這樣去修史書，一萬卷也寫不完啊。」兩位同僚很不服氣：「那照歐陽學士說呢？」歐陽修淡淡來了一句：「逸馬殺犬於道。」一瞬間將人家的十二個字壓縮了一半。

但是負責寫列傳的宋祁文風就截然不同，總喜歡用些生僻花哨的字眼。他的寫作前後長達十幾年，經常將稿子隨身攜帶。尤其在成都任知府時，幾乎每晚都是垂簾燃燭、紅袖添香，直寫到深夜。

宋祁的工作態度無可挑剔，論年齡比歐陽修大九歲，論資歷也是前輩，歐陽修很尊重他，打算來個委婉的諷勸。有一天早上，歐陽修提前上班，先在辦公大院的門上寫下八個大字：「宵寐非禎，札闥鴻休。」等宋祁來了，看著門上的字發了半天呆，一個字、一個字的翻譯成白話，終於悟出了是什麼意思，哈哈大笑：「這不就是俗話『夜夢不祥，題門大吉』嘛，何苦寫得這麼標新立異？」歐陽修微笑道：「您的《李靖傳》中那句『震霆無暇掩聰』，我也看了很久才明白過來，就是『迅雷不及掩耳』啊。」宋祁不禁搖頭莞爾，此後文字也慢慢變得稍微平易起來。

為了防止因為作者不同，而導致整部《唐書》的體例不一，朝廷讓歐陽修負責統籌全稿，尤其是仔細檢查宋祁所作的列傳部分，盡量將不統一的地方刪改為一體。歐陽修受命之後，退下來嘆道：「宋公是我的前輩，而且每個人的見解多有不同，哪能都按我自己的看法來呢？」於是宋祁的作品一個字也沒有被改動。

等到《新唐書》全部完成，御史對歐陽修說：「按照慣例，眾人修書完成後，只標官職最高那一位的姓名，所以寫您一人的名諱就可以了。」歐陽修卻回答：「在列傳上宋公是用功最多的人，而且費時最長，在下怎麼可以掩蓋他的功勞呢？」於是本紀、志部分標了歐陽修的姓名，而列傳部分標了宋祁的姓名。宋祁知道後既高興又感動：「自古以來，文人之間都是互不相讓而喜好爭勝。歐陽公這樣處事，真是前所未聞！」

太學體歐陽修見一次刷一次

搞定了唐史，閒不住的歐陽修心想：自己雖然老了，但也不能無所事事等著壽終正寢啊，於是開始自修《新五代史》。他在史籍資料之中細心考據，對遣詞用字反覆推敲，一再修改精益求精，經常把自己累得半死。夫人看了甚是心疼，就勸他：「老頭子你何苦如此？又不是小孩子剛讀書上學交作業，難道還怕寫得不好被先生責罵不成？」歐陽修撚鬚呵呵答道：「不怕先生罵，卻怕後生笑！」如此精雕細琢之下，《新五代史》文筆簡練，敘事生動，在二十四史之中也屬上乘之作。

歐陽修不但對自己的文章嚴格要求，在做考官時也用這種標準去尋找人才。但當時年輕士子裡的流行文風很不合他的胃口，因為他們經常故意用古書裡的生僻字，來顯示自己的學識淵博，這種文體被稱為「太學體」，領袖是一名太學生劉幾。宋仁宗嘉祐二年，歐陽修批閱試卷時看到其中一份開頭寫道：「天地軋，萬物茁，聖人發。」他哼了一聲：「不就是說『天地初分，萬物開始生長，聖人也出世了』這麼簡單的意思嗎？非要寫得怪異生澀，肯定是劉幾的卷子。」

歐陽修便按著原文的韻腳，在下面續了六個字：「秀才剌（按：音同辣，即乖張），試官刷。」意思是這秀才寫文章很乖張古怪，本試官就把你刷下去。然後用大紅筆將試卷從頭到尾一筆橫抹，這叫做「紅勒帛」，就是判了零分。等到將糊名試卷啟封出來一看，那份卷子果然是劉幾所做。

劉幾並不是一個人在戰鬥，他還有很多粉絲、同學，同樣寫出了險怪奇澀的文章，可能打算用這樣的文體淹死歐陽修。但他們沒想到自己面對的是考官中的戰鬥機，歐陽修對他們一視同仁，把凡是這種文體的試卷統統打了不及格，無一倖免。這下得罪了很多荷爾蒙過剩需要宣洩的年輕學生，他們等在歐陽修早晨出門上朝的必經之路上，圍住永叔一頓痛毆，然後扔臭雞蛋，連巡街的官吏都制止不住。

還有學生很憤怒的寫出一篇《祭歐陽修文》，半夜三更砸在永叔家的窗戶上，以此進行惡毒的詛咒，本應維持社會治安的政府機關對此也束手無策。

然而歐陽修根本不為所動，在每次考試中只要發現有人敢這樣寫文章，他就持之以恆的刷下去。面對殘酷的現實，太學生們不得不低頭屈服，慢慢改變了他們引以為豪的文體。就連領袖劉幾也洗心革面，把名字都改了，回到家鄉繼續苦讀鑽研。

嘉祐四年的禮部考試之前，仍然被宋仁宗任命為主考官的歐陽修放言：「想除掉惡習就得連根拔起。如果這次還有考生寫那種輕薄文體，本官肯定痛斥，以除文章之害！」閱卷時他讀到一篇文章非常優秀，大加稱賞判為第一，並向皇帝推薦。糊名啟封後，只見作者署名是陌生的「劉輝」二字。旁人告訴歐陽修：「劉輝，就是劉幾改的新名字。」歐陽修發了一會兒愣，點頭讚許說：「原來是他，換了個馬甲還真沒認出來。現在可謂文辭清麗、說理明白，實為難得！」這一年，劉輝高中狀元。

眉生山三蘇，草木盡皆枯

遇上歐陽修這種宗師級別的主考官，實在是廣大考生的幸運。他不但幫助劉輝這樣的可造之才不走邪路返回正路，更發掘出一批天才成為國之棟梁。就在秀才劉幾被刷下去的那一年，有一對兄弟從遙遠的天府之國四川來到京師應試。在群星璀璨的大宋朝裡，最耀眼的那一顆即將冉冉升起，這顆巨星的天分之高、天賦之廣、成就之大、魅力之強、人緣之好、影響之深，在中國幾千年文化史上前無古人、後無來者。他的名字叫蘇軾。

蘇軾，字子瞻，因為自號東坡先生，所以最響亮的名號是「蘇東坡」。他的親弟弟蘇轍，字子由。這兄弟倆的名和字很有意思，筆者猜想他們的父親蘇洵當時正在看《曹劌論戰》。曹劌輔佐魯莊公擊敗一鼓作氣、再衰三竭的齊軍，魯君正要下令追擊，曹劌擔心強大的齊國會有伏兵而趕快攔阻，曰「未可」，先下視其轍（車跡之「由」），再登軾而望之（高「瞻」遠矚），最後才曰「可矣」，縱魯軍追擊，遂大敗齊軍。蘇洵自己寫過《名二子說》解釋這兩個兒子起名的理由，尚不及筆者這個猜想生動活潑。

蘇洵字明允，自號老泉，比歐陽修小兩歲。一般人都是六、七歲開始讀書，蘇洵卻攤上了一個「養不教，父之過」的糊塗老爹，在青少年時代終日遊蕩不務正業，直到二十七歲那年應考舉人名落孫山，才發現即使是天才也需要努力。於是發憤讀書，並起誓在學有大成之前，不寫任何文章，這個叫做厚積薄發，態度比筆者端正多了。

天才一努力就不得了，終於成了文章大家，《三字經》裡將他作為成年後發憤努力也不遲的正面教材：「蘇老泉，二十七，始發憤，讀書籍。」人的心竅一打開，一通百通，以前忽略的百年樹人大業也被他撿了起來。蘇洵在二十八歲時生了蘇軾、三十歲時生了蘇轍。這兩兄弟特別是蘇軾，絕對是蘇洵一生最大的成就。天地的靈氣精華都匯聚在一家人身上，搞得當時居然有民謠在傳唱：「眉山生三蘇，草木盡皆枯。」今天眉山三蘇祠的大門上掛著一副對聯：

一門父子三詞客，千古文章八大家。

集體作弊，手足情深

蘇軾十歲之後，蘇洵外出四處遊學，妻子程氏在家培養兩個兒子。母親是最偉大的教師，蘇軾、蘇轍年紀輕輕就以文章稱譽當世。更令人羨慕的是兄弟倆之間的感情，他們去考試不是爭搶風頭，而是用互相說明的方式來組團作戰。

有一次，兄弟倆一同參加考試，蘇軾看著擺在面前的試題，感覺非常陌生。在腦海中一番檢索，依然毫無印象，不由得茫然無措，只得長嘆一聲，斜眼瞅瞅旁邊的弟弟。蘇轍一看哥哥這副樣子就明白了，拿起放在桌上的毛筆，將筆管含在嘴裡吹起來。蘇軾恍然大悟，原來題目是《管子注》裡的一句話，但是關鍵的字被抄錯了，怪不得自己剛才想不起來。一個抄字員工作不認真，就差點扼殺了一位天才的前途，工作態度不慎重會害死人。

另一場考試的題目是《形勢不如德論》，這次輪到蘇轍看著試卷上的「禮義信足以成德」發呆。蘇軾見狀，知道弟弟忘了出處，於是向考場工作人員索要磨硯的水，並厲聲抱怨人家慢手慢腳：「小人哉！」蘇轍一聽立刻反應過來，題目出自於《論語》中的〈樊遲請學稼注〉。

講的是孔子的一個學生樊須（字子遲，所以又稱樊遲）向夫子請教如何種莊稼，孔子臉色很難看的回答：「這個我不如老農民。」樊須又向夫子請教如何種瓜果、蔬菜、花草，孔子的臉色更陰沉了：「這個我不如老園丁。」等樊須退下以後，孔子很惱火的對別人說：「小人哉，樊須也！在上位者只要重視禮，老百姓就沒人敢不敬畏；在上位者只要重視義，老百姓就沒人敢不服從；在上位者只要重視信，老百姓就沒人敢不以實情來回饋。只要在上位者能做到這些，四面八方的老百姓自然會揹著襁褓中的嬰兒來投奔，哪裡還用得著你親自去種莊稼呢？」這個就叫「禮、義、信足以成德」。

樊遲不過向老師請教了一個技術性問題，孔子為何生這麼大氣呢？原來幾天前，孔子剛被一位種田老者譏諷為「四體不勤、五穀不分」，正在鬱悶之中，樊遲偏偏在這個時候興致勃勃的請教孔子關於什麼種莊稼種菜的瑣事，純粹給老師的傷口上撒鹽，真是好沒眼色，被孔子借題發揮罵為胸無大志，一點兒也不冤枉。只是可憐考場工作人員無端被蘇軾罵了一句「小人」，才是躺著也中槍。

蘇軾瞎掰，折服歐陽修

蘇氏兄弟實力既高，還這樣善於組團作弊，在考場上自然是氣勢如虹，人擋殺人，佛擋殺佛，攜手一路衝進了京師，聲名如日中天。

嘉祐二年考進士的人本來很多，魏國公韓琦很詫異的問自己的賓客：「今年有二蘇在此，居然還有這麼多人敢和他倆同場較量，是怎麼一回事啊？」這話一傳出去，結果有十之八九的考生，被嚇得沒參加考試就離開了。還好剩下來的考生都是人中之傑，稍後筆者會揭曉那張星光閃耀的榜單。

到了八月中旬即將考試之前，蘇轍恰巧生了場病，眼看來不及痊癒應試了。韓琦上奏仁宗說：「今年的進士考試人選之中，最有聲望的就數蘇軾、蘇轍兄弟。聽說蘇轍突然生了急病，趕不上考試的時間。如果這麼天才的兩兄弟中有一人不能應試，天下人都會很失望，希望陛下將考試略為延後，等待蘇轍病癒。」仁宗點頭同意。韓琦每隔幾天就派人去詢問蘇轍的病情，直等到他完全康復後，才奏請朝廷正式安排進士考試，比往年要推遲二十多天。

如果在今天的社會，你肯定覺得如果韓琦沒有收蘇家一大筆錢的話，怎麼會如此賣力，然而事實是**韓琦此時根本還沒見過蘇家兄弟**，這種為國求賢不避嫌疑的君子古風確實令人欽慕。

嘉祐二年的禮部會試，題目是仁宗出的《刑賞忠厚之至論》，看到這考題也明白這位皇帝的廟號為什麼是個「仁」字了。主考官歐陽修被一份試卷深深吸引，不但因為其文辭優美、說理透澈，而且居然用到了連博聞強記的自己都不知道的新鮮典故。

話說帝堯的大法官皋（按：音同高）陶審理一起案件，「皋陶曰『殺之』三，堯曰『宥之』三」，意即皋陶連續三次判決囚犯死刑，堯卻連續三次否決，赦免囚犯不死。這就是中國古代「疑罪從輕」的司法思想，人死不能復生，在存疑之案上寧可誤縱有罪之人，也不可枉殺無辜之命。現代社會是「疑罪從無」的原則，更加文明進步了。

這個故事將抽象的司法理念闡述得生動清晰，遠勝過其他考生千言萬語的純理論闡述。歐陽修不禁拍案叫絕，轉頭問副考官梅堯臣：「這典故出處在哪裡？」梅堯臣皺眉搖頭：「我也不知。」

北宋為了防止唐朝投行卷的腐敗風氣重演，不但對試卷糊名，還為了防止考官認得熟悉的筆跡而統一派人謄寫試卷。歐陽修看這篇文章的風格，很像是自己的學生曾鞏所寫，怕人家說自己徇私舞弊，不好意思取為第一，就將它列為第二名。結果試卷拆封後，才發現這份卷子的作者是蘇軾。

等到蘇軾來拜謝主考官的時候，歐陽修實在按捺不住好奇之心，問他那個「堯曰宥之三」的典故出自哪裡。蘇軾笑嘻嘻的回答：「事在《後漢書．孔融傳》。」歐陽修興沖沖跑回去仔細翻閱了一遍，根本找不到。過了幾天遇到蘇軾，執著的歐陽修又窮究此事，蘇軾說：「《孔融傳》裡寫到曹操滅袁氏後，將袁熙的妻子甄宓（按：甄宓乃是七步成詩、才高八斗的曹植的夢中情人，也是《洛神賦》的主角原型）賜給兒子曹丕。孔融嘲笑：『當年周武王滅商紂後，將妲己賜給了周公。』飽讀詩書的曹操很疑惑的問：『此事何經所見？』孔融回答：『下官以今日發生的事情來看，想當然而已。』

「學生文章裡所寫的堯和皋陶之事，也同樣是想當然而已。」歐陽修大吃一驚，回去後對朋友評論：「蘇子瞻此人可謂善讀書、善用書，他日文章必獨步天下。」伯樂之眼，後來果不其然。

韓琦的苦心沒有白費，蘇轍也同科及第。兄弟倆回家向父親報喜，蘇洵百感交集的唸了四句打油詩：

莫道登科易，老夫如登天。
莫道登科難，小兒如拾芥。

神一般的主考官，銀河般的進士榜

請不要以為蘇氏兄弟同科及第有多麼令人稱羨，當年在榜單中最吸引眼球的，並不是他倆，而是曾鞏、曾布、曾牟、曾阜四兄弟。看看這些兄弟兵團，你就能明白什麼叫做「家學淵源」。唐宋八大家中最晚登臺的三人**蘇軾、蘇轍、曾鞏碰巧在同一期參加考試，而且居然被歐陽修在糊名試卷中全部挑了出來**，這是多麼犀利的眼光。

更令人驚異的是，嘉祐二年進士榜裡還有好幾位在史書中閃閃發光的名字：

張載，北宋大儒，世稱「橫渠先生」，他最有名的話是「為天地立心，為生民立命，為往聖繼絕學，為萬世開太平」，被稱為「橫渠四句」。

程顥，北宋大儒，他的老師是提倡「文以載道」、寫出《愛蓮說》「出淤泥而不染，濯清漣而不妖」的周敦頤；他的弟弟是製造了尊師重道成語「程門立雪」的另一位大儒「伊川先生」程頤，兄弟倆被稱為「二程」；他倆有一位四傳弟子叫朱熹，發展出「程朱理學」，響亮口號是「存天理、滅人欲」，將儒家禮教搞到了登峰造極的地步，但從「五四運動」以來，被視為舊社會糟粕的代表思想，魯迅先生痛斥為「吃人」。

呂惠卿，北宋政治家，後來官居宰相，王安石變法的第二號人物。

章惇（按：音同敦），北宋政治家，後來也登閣拜相，王安石之後的新法領袖。

神一般的主考官歐陽修，將那個時代的青年才俊基本上一網收盡。而早在此之前，歐陽修對王安石、蘇洵已經有獎掖提拔。《宋史・歐陽修傳》裡提到：「獎引後進如恐不及，賞識之下率為聞人。曾鞏、王安石、蘇洵、洵子、軾轍，布衣屏處，未為人知，修即遊其聲譽，謂必顯於世」。**唐宋一共「八大家」，宋朝占了其中六個席位，而全部出自歐陽修門下**，「故天下翕（按：音同細）然師尊之（按：指天下士人尊他為師）」。

「老夫當避此人」，東坡出人頭地

歐陽修對人才的慧眼賞識與喜愛是由衷的。他收到蘇軾中進士後寫來的致謝信，一讀之下，爽快得出了一頭大汗，轉頭對旁邊的梅堯臣說：「老夫當避此人，放出一頭地。」這就是成語**「出人頭地」**的出典所在。

此時歐陽修五十歲，夕陽無限好，只是近黃昏；蘇軾二十歲，就好像八、九點鐘的太陽。眾人聽到年過半百的一代文宗如此評價一個毛頭小夥子，剛開始都譁然不服氣，但後來就不得不讚嘆歐陽修的識人之能。歐陽修晚年時還對兒子歐陽棐說：「你記著我的預言，既然有了蘇子瞻，三十年後世人都不會再提到我的文章了。」

但蘇軾最崇拜的人，還不是歐陽修，而是文人的千古楷模范仲淹。早在他六歲讀鄉校時，有一位來自京師的士人拿著《慶曆聖德詩》給鄉校老師看。小蘇軾好奇的詢問詩中所稱頌的都是些什麼人，老師很不耐煩：「小孩子問這個幹什麼？」

蘇軾不依不饒：「他們是天上的神仙嗎？那我就不敢問了。如果和我一樣也是人，為什麼不可以知道他們呢？」

先生很驚訝小孩子居然能說出這樣的話，就都告訴了他，並且說：「希文（范仲淹）、稚圭（韓琦）、彥國（富弼）、永叔（歐陽修），這四位是人中豪傑啊！」當時蘇軾雖然沒完全明白，但卻記住了他們的名字。

直到嘉祐二年，蘇軾赴京應試時，范仲淹剛剛逝世。蘇軾趕到范仲淹的墓地，讀著墓碑上的碑文，流淚說道：「我仰慕您的為人已經有十五年了，而緣慳一面，難道不是命運的安排嗎？」

歐陽修賞識蘇軾後，引薦他認識了韓琦和富弼，三位老前輩都給蘇軾以國士的待遇，紛紛長嘆：「只恨你沒來得及認識范文正公！」在之後的二十年中，蘇軾分別認識了范仲淹的三個兒子，均是一見如故，范氏兄弟還將父親的遺稿委託給蘇軾作序。以上的故事，就是蘇軾年過半百之後，在自己所作的《范文正公文集序》裡的回憶。

歐陽修和梅堯臣是一生的好友，從年輕時一起在洛陽擔任錢惟演的幕僚，到年老時一起在京師擔任進士考官。兩人曾一起重遊洛陽賞牡丹，歐陽修作了一闋《浪淘沙》：

把酒祝東風，且共從容。
垂楊紫陌洛城東。
總是當時攜手處，游遍芳叢。

聚散苦匆匆，此恨無窮。
今年花勝去年紅。
可惜明年花更好，知與誰同。

末尾「知與誰同」一句，抒發了對友誼的珍惜和對人生聚散無常的感慨。但實際上，我們不但對於明年能和誰在一起無法把握，對於自己的生命更無法把握。也許人家明年還能來看花，但我自己卻已不在了。《聖經・雅各書》裡說：「其實明天如何，你們還不知道。你們的生命是什麼呢？你們原來是一片雲霧，出現少時就不見了。」雖令人不愉悅，卻是冷冰冰的現實。歐陽修對於年華的老去無可奈何，還好目睹了自己的文學理念有蘇軾為代表的後起之秀接班，也算是欣慰。

第十章

《鶴沖天》得罪皇帝，讓柳永填詞紅到西夏

我們已經習慣了晏殊的慧眼識人，范仲淹、宋祁、歐陽修都是他提攜的。但有一位詩詞史上地位更高的大詞人曾經當面求到晏殊的家中，卻沒有受到他的青睞。這位運氣不佳的客人名叫柳三變，也就是後來的柳永。

柳三變寫杭州，吸引金國大軍打過來

柳三變比范仲淹還大五歲，是北宋詞壇的前輩，甚至可以說是開山之人。柳三變的父親柳宜給兒子們起名字很動了一番腦筋。大兒子名叫柳三復，意思是書要讀三遍、讀三遍，重要的書都得讀三遍才能有出息。二兒子名叫柳三接（不是中國民間傳說的歌仙劉三姐），意思是有出息後，就能一天被君王接見三次，大受寵信。三兒子名叫柳三變，因為《論語》裡子夏說：「君子有三變：望之儼然，即之也溫，聽其言也厲。」君子從外表看起來有三種變化：遠遠望他，看起來很莊重；接近他之後，又覺得很溫和；等到聽他說話，又覺得很嚴厲。原來「三變」是用來表揚君子的褒義詞，不是說文藝人善變的貶義詞。既然君子「望之儼然」，所以柳三變字景莊。柳氏三兄弟，人稱「柳氏三絕」。

從柳宜為兒子起名所花的功夫來看，顯然對他們寄予了厚望。柳三變沒有辜負父親的栽培，在各級考試中一路過關斬將，十八歲就具備了到禮部應試進士的資格。這一年他被父親送出福建崇安（武夷山）老家，赴京趕考。但柳少年覺得自己來日方長，一路上遊山玩水走走停停，待來到了杭州，醉心於如畫美景，乾脆住下來不走了，每天坐在西湖邊上看看美女發發呆，沒多久就填出一闋《望海潮》：

東南形勝，三吳都會，錢塘自古繁華。
煙柳畫橋，風簾翠幕，參差十萬人家。
雲樹繞堤沙，怒濤卷霜雪，天塹無涯。
市列珠璣，戶盈羅綺，競豪奢。

重湖疊巘清嘉，有三秋桂子，十里荷花。
羌管弄晴，菱歌泛夜，嬉嬉釣叟蓮娃。
千騎擁高牙，乘醉聽簫鼓，吟賞煙霞。
異日圖將好景，歸去鳳池誇。

這首詞中所描繪的杭州之繁盛、西湖之秀美無異於人間仙境，但是沒想到後來深深刺激了一個不該刺激的人，就是在乾燥灰黃的北方待膩的金國皇帝完顏亮。他讓人將此詞刻在一面屏風上，還配上一幅江南水鄉美景圖，每日吟賞，口唸「錢塘自古繁華」，不禁心馳神往，起了投鞭渡江之志，沒過多久就率大軍南下，打算統一中國，結果在采石磯被書生虞允文狠狠教訓了一番，最終被部將弒殺。柳三變隨便寫首詞，居然引發了一場戰爭，活活害死了當時世界最強大國家之一的皇帝。

青春時不努力，還怪皇上沒眼力

柳少年在杭州玩夠了才繼續啟程，經過蘇州、揚州這種繁華城市，都要停下來住上個一年半載，穿行於煙花柳巷。**從家鄉到京師這一路，他居然走了六年。**就憑這麼懶懶散散的態度能考出好成績嗎？如果讓他考上進士那才沒有天理，果然一張榜就是名落孫山。柳三變憤憤填了一闋《鶴沖天》為落榜出氣，結果又成了名作：

黃金榜上，偶失龍頭望。
明代暫遺賢，如何向？
未遂風雲便，爭不恣狂蕩。
何須論得喪？
才子詞人，自是白衣卿相。
煙花巷陌，依約丹青屏障。

幸有意中人，堪尋訪。
且恁偎紅倚翠，風流事，平生暢。
青春都一餉。
忍把浮名，換了淺斟低唱。

首先，為落榜這種丟人的事情寫詞，卻用這麼牛氣的詞牌名，看得出柳三變心比天高。他對自己的期許可不只是中進士，而是「龍頭」，即高中狀元。落榜也並非因為實力不濟，只是不小心「偶失」而已。「明代暫遺賢」一句包含的信息量很大。唐玄宗曾經下詔，天下士子只要精通一藝，便可到長安考試做官。權相李林甫擔心其中會有人在面聖策對時指斥自己擅權作惡，便暗中操控考試，結果最終居然沒有一人合格。對於如此奇怪的現象，李林甫向玄宗道賀，聲稱原因在於我大唐已經「野無遺賢」，實在是聖明的時代。其實詩聖杜甫就在這批考生之中一起被刷下去了。

柳三變明顯在譏刺當朝者有眼無珠，遺漏了自己這個大賢人，同時他自信的認為這也不過是暫時的，還自詡自己這樣的才子詞人是布衣卿相。青春轉瞬即逝，乾脆不要浪費時間去爭取考場和官場的浮名了，還是及時行樂，在歡場中淺斟低唱吧。

這首詞一炮而紅，甚至傳入深宮大內，連宮女們沒事兒都低聲哼兩句「青春啊，都一餉……忍把那浮名，換了淺斟低唱……」歌聲直飄到宋真宗耳朵裡去。對於孟浩然的「不才明主棄」，唐玄宗能聽出抱怨之意；對於柳三變的「明代暫遺賢」，宋真宗同樣也聽得出弦外之音，就是說朕遺漏了賢人，根本不聖明嘛。真宗專門御製過《勸學詩》，鼓勵大家努力求取功名，進入體制內，享受黃金屋，迎娶顏如玉，走上人生巔峰；柳三變卻說才子詞人自是白衣卿相，表現得毫不羨慕體制，這是和皇帝的大政方針唱反調，態度很不端正。

奉旨填詞，京城歡場稱王

不怕皇帝收拾你，就怕皇帝還沒收拾你，就已經惦記上你。幾年後，柳三變再次應考時，宋真宗看見禮部報上來的進士名單中有位柳三復，點頭不語。再往下看到一個討厭的名字柳三變，特意拿起朱筆重重畫掉，冷笑道：「且去淺斟低唱，何要浮名？」

真宗這一畫，不但柳三變今年落榜，而且等於宣判了他今後在科舉上的死刑，哪個主考官還敢再要皇上親自黜落的考生呢？如果換了別人，肯定是五雷轟頂五內俱焚，從此改過自新以求得皇帝諒解。不料柳三變聽說原委後，乾脆從此徹底混跡於青樓歌女之中，偎紅倚翠，並在自己作品的署名處都寫上「奉旨填詞柳三變」七個大字，彷彿淺斟低唱不單單是他自己的愛好，更是奉了聖旨。這種變本加厲的行為，分明是在向皇帝抗議，不過是披了一件自嘲的外套而已。

有詞話記載是宋仁宗畫落柳三變，但柳永年過不惑時，仁宗僅十四歲尚未親政，所以只可能是真宗。而且從兩位皇帝各自的特點來看，做這事符合真宗的價值觀，而不像仁宗的寬容性情。

雖然宋真宗對柳三變有意見，但京城裡的歌女們比皇帝更慧眼識珠。她們但凡作了一首新曲子，就去求柳三變填詞，結果必定能風靡一時，大大增加演出收入。柳三變不但是詞作家，還是歌女演唱水準的權威評委，一旦他說哪位歌女唱得好，其出場費立刻飆升十倍。

因為柳三變在家族中排行第七，歌女們都親暱的叫他「柳七」。京城娛樂界流傳的口號是：「不願穿綾羅，願依柳七哥；不願君王召，願得柳七叫；不願千黃金，願中柳七心；不願神仙見，願識柳七面。」滿城的歌女只有柳七不認識的，沒有不認識柳七的；若真有不認識他的，都不敢說出去，怕丟人。寧願倒貼千金換得與柳七哥一夜姻緣，求得一詞數句，引以為榮，柳七也因此收入穩定、衣食無憂。

為伊憔悴——為功名憔悴

表面上看起來，柳七哥樂得在這溫柔鄉中銷魂，每日裡「酒力漸濃春思蕩，鴛鴦繡被翻紅浪」，但內心的痛苦不難想像。他最著名的作品《蝶戀花》，貌似登樓抒發離愁：

佇倚危樓風細細，
望極春愁，黯黯生天際。
草色煙光殘照裡，無言誰會憑闌意。

擬把疏狂圖一醉，
對酒當歌，強樂還無味。
衣帶漸寬終不悔，為伊消得人憔悴。

末尾的名句表面上是為感情消得人憔悴，但在筆者看來，也很可能是為功名消得人憔悴。在那個年代，尤其對於柳七這樣出身書香門第的人，不能進入體制就沒有出路，向上辱沒祖宗，向下拖累兒女。大家想想《水滸傳》裡的許多英雄們，被體制害到家破人亡的地步，才心不甘情不願的上梁山，還天天盼著招安重回體制，就知道它的力量有多麼強大。

在很多人世間的恩怨中，最後的勝利者往往是活得更長的那一個，柳七深信這一點，反正他比宋真宗年輕。真宗駕崩後，章獻太后劉娥秉政，年近不惑的柳七彷彿看到了一線曙光。在他準備再次應考之前，專程登門拜訪晏殊，想走當朝宰相的門路。晏殊禮貌的接待柳七，淡淡問道：「您作曲子嗎？」柳七回答：「和相爺一樣作些曲子。」跟晏殊拉近關係，咱倆都是詞人，應該有共同語言啊。不料晏殊來了一句：「在下雖作曲子，也不曾寫什麼

『針線閒拈伴伊坐』。」

這是柳三變一首《定風波》裡的句子，表現一位少婦想將丈夫鎖在家裡陪伴自己，單純實在，格調不高。柳三變一聽話不投機，富貴宰相晏殊好像對自己民間俚俗的作品風格完全看不上眼，只好早早告辭。晏殊抬手送客時完全沒想到，多年後小兒子晏幾道用一句柳永更為俗豔的「鴛鴦繡被翻紅浪」，讓他在滿堂賓客之前好不尷尬！

柳七在考試中毫無懸念的再次落第，結果連京師也不想待下去了，憤而離開這傷心之地。臨別之際，他贈給情人一闋《雨霖鈴》：

寒蟬淒切，對長亭晚，驟雨初歇。
都門帳飲無緒，留戀處，蘭舟催發。
執手相看淚眼，竟無語凝噎。
念去去，千里煙波，暮靄沉沉楚天闊。
多情自古傷離別，更那堪冷落清秋節！
今宵酒醒何處？楊柳岸，曉風殘月。
此去經年，應是良辰好景虛設。
便縱有千種風情，更與何人說？

▲ 柳七在科舉考試中不斷落榜，最後憤而離開京師。離開前他寫了《雨霖鈴》給情人，其離別之情深深打入人心，更成了他的代表作。

此詞的下半闋句句經典，優雅從容，對離別之情的描寫直打入人心最深的柔軟處，是柳七詩歌的代表作，也是婉約宋詞的代表作，被收入了語文課本。柳七的作品沒有被宋真宗和晏殊看上眼，但是在民間的流行度卻極高，就連大宋的鄰國西夏都流行一句話：「凡有井水飲處，即能歌柳詞。」

紅裙十隊，比皇帝出行的排場還大

章獻太后逝世，宋仁宗親政之後，特別開了一屆「恩科」，就是放寬進士錄取的尺度，給那些屢試不第的才子們一個機會。年已半百的柳三變聞訊，立即從外地趕回京師應考。為了安全起見，他還特意將已經上了黑名單的原名改為柳永，字耆卿，今天大家所熟悉的正是這個名字。皇天不負苦心人，重裝上陣的柳永終於名登金光閃閃的進士榜，與他同榜及第的還有二哥柳三接。

柳永考中進士，被任命為睦州（今浙江省建德縣）團練推官，終於算是有了功名。這對於他個人是等待已久的喜訊，但**對京城歡場而言卻是一個噩耗。柳永臨行那日，開封的青樓為之一空，歌女們都趕去為他送別**，個個哭得梨花帶雨，抽泣聲一片。柳永一首《如夢令》描繪了這盛大而感人的場面：

郊外綠陰千里，掩映紅裙十隊。
惜別語方長，車馬催人速去。
偷淚，偷淚，那得分身與你？

送行的鶯鶯燕燕們不需要孫武的嚴格調教，竟然自發遵守秩序排成整齊的十隊，連皇帝出行也沒有這麼大的排場。柳七哥人生得以如此，夫復何求？

柳永雖然從此邁入仕途，卻終身沒當過什麼大官，最後做了個屯田員外郎，所以世稱「柳屯田」。據說他死時一貧如洗，身邊連個打點後事的親人都沒有。那些有舊交的歌女們懷念他的才情，湊錢安葬了他。以後每年的清明，歌女們都會自發到墓前祭奠，稱為「弔柳會」，直到北宋滅亡。柳七一生最大的輝煌，不是來自於科舉和功名，而是來自於青樓，這在中國古代文人中，絕對是一個異類。

女郎低吟柳詞，蘇軾的詞得大漢高歌

晏殊道貌岸然的訓斥兒子晏幾道不該唱柳永的豔詞，蘇軾也有一個類似的故事。他的著名弟子秦觀，字少游，成名作是《滿庭芳》：

《八聲甘州》，筆者最喜歡的倒是起首一句：

對瀟瀟暮雨灑江天，一番洗清秋。
漸霜風淒緊，關河冷落，殘照當樓。
是處紅衰翠減，苒苒物華休。
惟有長江水，無語東流。

不忍登高臨遠，望故鄉渺邈，歸思難收。
歎年來蹤跡，何事苦淹留？
想佳人妝樓顒望，誤幾回，天際識歸舟。
爭知我，倚闌干處，正恁凝愁。

柳永成標竿，王觀難超趕

在很大程度上，柳永已經成為北宋詞人的一枚標竿，有人不屑於他，但有更多的人想與他一爭雄長，甚至超越他。比如年長蘇軾兩歲的王觀，字通叟，給自己的詞集取名為《冠柳集》，意思就是能超過柳永一頭，可惜現在已經失傳了，咱們也沒法驗證他是不是在吹牛，不過他的《卜算子・送鮑浩然之浙東》確實是一闋難得的好詞：

水是眼波橫，山是眉峰聚。
欲問行人去哪邊，眉眼盈盈處。

才始送春歸，又送君歸去。
若到江南趕上春，千萬和春住。

這個「眉眼盈盈」的比喻既別開生面又富有美感，「千萬和春住」則是既想像力爆棚又富有美感，王觀**居然將送別詞寫得毫無淒苦之情而美不勝收**，絕對是一位天才。他還有一首不太著名的《紅芍藥》，也非常有趣：

人生百歲，七十稀少。
更除十年孩童小，又十年昏老。
都來五十載，一半被睡魔分了。
那二十五載中，寧無些個煩惱？

仔細思量，好追歡及早。
遇酒追朋笑傲，任玉山摧倒。
沉醉且沉醉，人生似、露垂芳草。
幸新來、有酒如澠，結千秋歌笑。

假如王觀失傳的詞集中，真有十首、八首的詞能保持在這種高水準，和柳永一較短長還是可以的；但如果想「冠柳」，似乎還有一定的距離。

第十一章

王安石行為舉止有古風，人稱拗相公

對柳永不假辭色的晏殊，對范仲淹、宋祁、歐陽修都有知遇之恩，而他最青睞有加的人卻是王安石。王安石，字介甫，比晏殊小三十歲，是中國歷史上大名鼎鼎的政治家、改革家，一生功過毀譽參半，讓後人爭論到如今。

用一頓飯時間，找出安石的缺點

可能王安石的父親很崇拜東晉「東山再起」的謝安，所以將謝安的字「安石」給了兒子作名。

王安石和晏殊一樣是江西撫州臨川人，非常近的同鄉。他在慶曆二年獲得進士第四名。宋仁宗讓前十名到時任樞密使的晏殊府上拜謝，晏殊等眾人都告辭之後，唯獨留下王安石，再三讚嘆道：「久聞您的德行和在家鄉的聲譽。老夫在執政的位置上，而家鄉中的賢人考得了這麼好的名次，實在與有榮焉。休息日請您再光臨寒舍吃頓便飯吧！」到了日子，又專程派人去請王安石，待遇隆重遠超平時。

飯後，晏殊陪王安石閒談，對他說：「您日後能達到的名位，必定和老夫一樣。」此時晏殊已經位極人臣。最後臨別時，晏殊忍不住叮囑：「老夫有一句話，想蒙君垂聽：若能容他人，也就能被他人所容了。」王安石微微點頭而已，回到旅舍嘆息道：「晏公作為大臣，而教人這樣的明哲保身中庸之道，過於卑下了。」

等到王安石晚年因為變法失敗罷相後，在金陵和弟弟王安禮閒聊時談起此事：「當年我對晏公的叮囑很不以為然。後來我在政府中與同僚交友，幾乎人人都與我反目，友誼不能保持到最後。今日回頭想來，不知那時候晏公是怎麼發現我有這個毛病的啊！」

晏殊不但在短短的時間內，看出了王安石性格中最大的缺點，也預見到了他將來的成就在自己之上。後世尊稱的「臨川先生」，果然不是臨川人中最先拜相的晏殊，而是後來居上的王安石。因為王安石後來受封荊國公，又常被尊稱為「王荊公」。

王安石自幼才氣過人，但同時性格耿介、特立獨行。只要他認為是對的事情，幾頭牛也拉不回來，所以人稱「拗相公」。曾鞏曾對人說：「我的好朋友介甫，寫文章很有古風，行為舉止和他的文章也差不多。」就是說王安石做人不合時宜。

王安石在進士考試中本來排名居首，但他的試卷中寫了一句「孺子其朋」，一般認為這句話是《尚書》中，周公對年紀幼小的周成王的教導，大意是你這孩子應該要怎麼做。仁宗皇帝閱後很是不爽，心想朕都當了二十年皇帝了，而你小子才二十歲剛出頭，居然敢用這種長輩教訓晚輩的口吻寫文章給朕看！大筆一揮，將王安石的第一名給拉掉了，而且直接畫出三甲，這才成了第四名。

心比天高，脾氣比石堅

包拯掌管開封府時，司馬光和王安石都是他的下屬判官。一向嚴肅孤僻的包青天有一天居然大發詩情雅興，吩咐大家擺酒吟詩，並率先唸出自己最得意的作品《明志詩》：

清心為治本，直道是身謀。
秀幹終成棟，精鋼不作鉤。
倉充鼠雀喜，草盡狐兔愁。
史冊有遺訓，無貽來者羞。

這句「精鋼不作鉤」，誠然便是包拯一生為人做官的真實寫照。包大人吟罷，滿飲一杯，然後下屬們輪流作詩，由司馬光起首。司馬光，字君實，比王安石大兩歲，人盡皆知的故事是小時候砸缸，救出一起愉快玩耍的小夥伴；長大後為人端莊方正，著名的警句是教訓兒子司馬康的「由儉入奢易，由奢入儉難」。極偶爾的情況下也能略通風情，比如此刻吟出一闋《西江月》：

寶髻鬆鬆挽就，鉛華淡淡妝成。

青煙翠霧罩輕盈，飛絮遊絲無定。
相見爭如不見，多情何似無情。
笙歌散後酒初醒，深院月斜人靜。

「相見爭如不見」，這是多情之人才能了解的無奈。中國女歌手那英唱的〈相見不如懷念〉，算是大致表達了這種矛盾。包拯覺得此句甚佳，親自給司馬光敬酒。司馬光平時不喜歡喝酒，但既然領導敬酒，總歸勉力一飲而盡。

下一位輪到王安石。介甫站起身來，朗聲道：「前日下官在浙江登臨飛來峰，賦得小詩一首，請各位大人賜教。」說罷便唸出《登飛來峰》：

飛來峰上千尋塔，聞說雞鳴見日升。
不畏浮雲遮望眼，只緣身在最高層。

李白在《登金陵鳳凰台》裡有「總為浮雲能蔽日」之句，憂慮被小人讒言所陷；王安石在這首詩中卻特意加上「不畏」二字，站在高塔上欣賞旭日東昇的輝煌景象，對自己的能力和前途信心滿滿。包拯笑道：「心比天高，果然好詩！本官也敬你一杯。」不料王安石彎腰遜謝：「多謝大人。下官從不飲酒，願飲茶以代。」旁邊同事們紛紛起哄：「介甫，包大人都親自敬酒了，你就喝一杯吧，哪怕喝一口也行！」王安石卻不為所動，始終滴酒不沾。包拯素以執拗倔強著稱，卻拿王安石毫無辦法，只能苦笑作罷。

被討厭的勇氣

到了宋神宗熙寧年間，王安石果然以自己對國家政治、經濟、國防軍事危機的認識和激進的解決方案，打動了勵精圖治的年輕皇帝，被神宗越級提撥為參知政事（相當於副宰相），主持變法，一步登天進入了帝國的最高決策層。春節之際，王安石見家家忙著準備過年，有感而作了一首《元日》：

爆竹聲中一歲除，春風送暖入屠蘇。
千門萬戶曈曈日，總把新桃換舊符。

此詩看似寫新年的氣象，實則寫新法的氣象。王安石躊躇滿志，正待大展身手。此時神宗給予他無比的信任，凡是諫阻變法的人，從司馬光、韓琦、蘇軾等一眾名臣，到王安石的同胞親弟弟王安國、王安禮，統統都被挪開讓路。凡是支持新法的人，不論品行、只看態

▲ 王安石的《元日》表面上寫新年的氣象，實則寫新法的氣象。

度跟能力，從呂惠卿、章惇等實幹派到李定、蔡京這樣的小人，統統都被信任重用。凡是能增加國家財政收入的方法，如均輸法、青苗法、市易法、免役法，一起上馬推行。

神宗召見外地任滿回京的王安國，詢問當地人民對王安石變法的反應，本以為會聽到王安國說哥哥的好話，不料他直言道：「外面的人說臣兄用人不當，為國家斂財太急了。」神宗不悅，將王安國閒置不用。

但王安國對哥哥的評價其實並非空穴來風。曾有小人投王安石所好，向他獻策：「梁山泊有八百里的湖面，不如將水放掉改為農田，能為國家產出很多收益。」王安石大喜：「主意很不錯，只是該將這些湖水弄到哪裡去呢？」當時王安石的好友劉貢父在座，不緊不慢的答道：「這個很容易，只要在旁邊再挖個八百里的大池子來裝水就行了。」王安石啞然失笑。

如果他真的實行了這個計畫，後來就沒有水泊梁山一百零八將造反，也不會有四大古典名著之一的《水滸傳》了。

王安石推行的「熙寧變法」在朝野上下，一直受到很大的爭議和阻力，反對派說他「擅改祖宗成法」，把天災也算為變法導致的惡果。王安石不為所動，揚首豪言：「天變不足畏，人言不足恤，祖宗不足法。」這就是他讓一些人熱血澎湃、而在另一些人眼中臭名昭著的「三不足」。

保守人士們在王安石的個人品行上找不到什麼瑕疵，就攻擊他不講個人衛生，沒有每天刷牙、洗臉、換乾淨的衣服；還說他腦子不好使，一桌子菜永遠只吃面前那一盤，哪怕是狗食、貓糧也照吃不誤；甚至傳出一篇《辨奸論》，作者署名是已經去世的蘇洵，斷言像王安石這樣不近人情的傢伙絕不可能是什麼好人。四年之後，神宗迫於巨大的反對壓力，不得不將他罷相，以觀文殿大學士出判江寧（今江蘇南京）府。在這樣的境遇中，王安石欣賞著自家宅院半山園內的寒梅，寫了一首小詩《梅花》：

牆角數枝梅，凌寒獨自開。
遙知不是雪，為有暗香來。

即使環境再惡劣，也依然屹立不倒、孤芳自賞，這就是王安石的性格。他買下的這所宅院位於謝安府邸的舊址，內有一個小山墩被周圍的人稱為「謝公墩」，於是王安石戲作一首打油詩：

我名公字偶相同，我屋公墩在眼中。
公去我來墩屬我，不應墩姓尚隨公。

結果那些怎麼看他都不順眼的人，就罵他「居然與死人爭地」，真是毫無幽默感。神宗皇帝一直懷念和自己一條心變法的王安石，在第二年下詔恢復他的相位。介甫坐船從江寧去開封，途經瓜州渡口時，留下了名作《泊船瓜洲》：

京口瓜洲一水間，鍾山只隔數重山。
春風又綠江南岸，明月何時照我還？

後來有人收藏到了這首詩的原稿，剛開始寫的是「春風又到江南岸」，自己圈去「到」字，注曰「不好」；繼而改為「過」字，又圈去；再改為「入」、「滿」等字……這樣一共畫了十幾個圈圈，最後才定為「綠」字。這個「綠」字將春風形象化，極其生動傳神，堪為**寫詩煉字的楷模故事**。

從詩中也可以體會到王安石雖有一腔報國為民之志，但開始厭倦複雜尖銳的政治鬥爭，想著有一天能回家歸隱，做個安靜的美男子，終老於江南林泉之下。

一年後，王安石的長子王雱（按：音同旁）逝世。沈括的《夢溪筆談》裡記載了這樣一個故事：王雱自幼聰敏，有客帶著一個籠子拜訪王家，籠內關著一隻鹿、一隻獐，客人故意逗小王雱：「你認識哪隻是鹿，哪隻是獐嗎？」王雱當然不認識，換了我也不認識，但他想了一會兒便回答說：「獐旁邊那隻是鹿，鹿旁邊那隻是獐。」客人拍手稱奇。

王安石因愛子英年早逝而受到重大打擊，同時眼看新法難以為繼，遂屢屢託病請辭，終於第二次離開相位，還是回到江寧做知府。他對政治心灰意冷，又忍不住憂國憂民，登上鐘山舉目遠眺，賦得《桂枝香・金陵懷古》：

登臨送目，正故國晚秋，天氣初肅。
千里澄江似練，翠峰如簇。
歸帆去棹殘陽裡，背西風，酒旗斜矗。
彩舟雲淡，星河鷺起，畫圖難足。

念往昔，繁華競逐，歎門外樓頭，悲恨相續。
千古憑高對此，謾嗟榮辱。
六朝舊事隨流水，但寒煙衰草凝綠。
至今商女，時時猶唱，後庭遺曲。

雖然上半闋貌似在描寫明麗壯觀的秋景，然而「晚秋」、「殘陽」、「西風」都是一派肅殺之氣，正是劉禹錫所言「自古逢秋悲寂寥」之意。王安石覺得自己變法的壯志難酬，大宋沉痾（按：指久治不癒的疾病）難挽，已到了晚秋。

末句明顯化用杜牧的「商女不知亡國恨，隔江猶唱《後庭花》」。**宋哲宗剛上任就有**

亡國之憂，並非杞人憂天。「熙寧變法」失敗，富國強兵的希望破滅，王安石逝世後不到四十年，金兵攻入京城開封，北宋滅亡。

此詞風格沉鬱悲壯，頗有老杜遺風，與范仲淹的《漁家傲・秋思》一起拓寬宋詞的境界，**為之後的豪放派開路。蘇軾讀後頗有感觸，嘆息道：「此老乃野狐精也。」**意即迥異常人。我們今天看過去，覺得這首詞在燦若星河的宋詞佳作中並不突出，但蘇軾當時只能看到其他先輩們的作品，絕大部分都是柳永、張先、晏家父子那般的婉約柔情之作，王安石此詞當然難能可貴。

另外，大宋朝在神宗年間外表還是一派欣欣向榮，只有神宗、王安石等寥寥數人頭腦清醒，看到隱藏的巨大危機。除王安石此詞外，筆者沒印象還有哪位名家提出「後庭遺曲」這種明確的亡國之憂。蘇子瞻一顆拳拳（按：真摯誠懇）之心忠君愛民，平時常常憂慮國事，見了王介甫此詞，不能不感嘆他的先見之明，故有引為知己之心。

烏臺詩案，開中國歷史文字獄先河

說起王安石與蘇軾之間的恩怨，還真有一段曲折的故事。

王安石轟轟烈烈變法之際，蘇軾認為其中很多政策雖然富國卻傷民，多次上書反對。兩人政見不同，王安石是新黨領袖，蘇軾則被視為舊黨中人。王安石的門生李定被御史彈劾母親去世後沒有服喪，而李定辯解說自己根本不知道生母是何人，雙方鬧得一地雞毛。正巧此時有一位大孝子朱壽昌（「二十四孝」之一）辭官尋回了失散五十年的生母，王安石、蘇軾等名人紛紛寫詩讚美祝賀。蘇軾詩中有一句「感君離合我酸辛，此事今無古或聞」，被人懷疑是故意影射，紛紛拿來嘲笑李定，從此李定大恨蘇軾。

幾年後，蘇軾由徐州調任湖州時，例行公事上表感謝皇恩浩蕩，後面忍不住夾了幾句私貨牢騷話：「陛下知其愚不適時，難以追陪新進；察其老不生事，或能牧養小民。」這「新進」兩字明顯是諷刺被迅速提拔的一眾新黨幹將，目光如炬的御史們當然看得出來，便上表彈劾蘇軾暗譏朝政，更翻出他的詩集，斷章取義的告狀其「包藏禍心，怨望其上，訕瀆謾罵，而無復人臣之節」。此案交由御史臺獄審理。因為御史臺官署內種了很多柏樹，上面常有烏鴉棲息築巢，所以別號「烏臺」，此案則被稱為「烏臺詩案」，開了中國歷史上以詩治罪文字獄的先河。時任御史中丞（御史臺長官）的李定抓住這個天賜良機，不斷通宵提審和折磨蘇軾，一心要整死這個目中無人的討厭傢伙。

蘇轍為了營救兄長，上書願以免去自己的全部官職來贖蘇軾之罪。朝廷不允，還將他貶去當筠州監酒。蘇軾入獄被折磨幾個月後，心想這次只怕是熬不過去死定了。長子蘇邁每天向牢裡送飯，蘇軾便吩咐兒子平時只送蔬菜和肉，如果聽到朝廷將自己定為死罪，就改為送魚，好提前有個心理準備。蘇邁嚴格遵守約定，天天送肉，堅決不送魚。

過了很多天糧食用盡，蘇邁外出買米，委託親戚代為送飯，匆忙中忘了告訴他這個約定。這位親戚擔心蘇軾天天吃肉大概都吃膩了，就熱心的送了一條燻魚進牢房給他換換口味。蘇軾打開食盒，看見一條面目可憎的燻魚，頓時五雷轟頂血壓飆升，好一陣子才緩過神來，向獄吏討了紙筆，寫了一首《絕命詩》留給弟弟蘇轍：

聖主如天萬物春，小臣愚暗自亡身。
百年未滿先償債，十口無歸更累人。
是處青山可埋骨，他年夜雨獨傷神。
與君今世為兄弟，更結來生未了因。

開篇先恭維皇帝，做了深刻的自我批評。中年殞命，算是提前償還前生的孽債。自己一了百了，但一家老少十多口人從此就要拖累弟弟你來撫養。我不怕死亡，處處青山都可以埋骨安葬，可是當年與你相約「功成身退，夜雨對床」的願望再也無法實現，只怕將來夜雨瀟瀟之時，你只能獨自傷心啦。我很感恩不但與你今生有緣做兄弟，更因為欠下你的情義，將來生的因緣也結下了。

獄吏不敢隱瞞，先將此詩上交領導，一直傳到了宋神宗的手中。神宗本就喜愛蘇軾的文才，並沒有殺他的意思，不過想借此案挫挫他出言無忌的銳氣，為推行新法掃除輿論障礙。一讀此詩，覺得蘇軾不抱怨、不諉過，認罪態度端正，兄弟情深更是出自衷腸，心中不禁感動。

恰巧宰相王珪（按：音同歸）在這個時候覲見，他神祕兮兮的告狀：「蘇軾對陛下有不臣之意！」神宗淡淡問：「卿何以知之？」王珪答：「蘇軾《詠檜詩》有『根到九泉無曲處，世間惟有蟄龍知』之句。陛下已經飛龍在天，蘇軾卻說地下還有潛龍，這可不是不臣之心嗎？」

當時在場的章惇與蘇軾是同年進士，**也是被嘲諷的「新進」之一，此時卻挺身而出分辯**說：「龍不只可以指君王，也可以用來比喻人臣啊。」神宗點頭稱是：「自古以來，稱為『龍』的人中俊傑比比皆是，如『荀氏八龍』（東漢郎陵侯相荀淑的八個兒子）、『孔明臥龍』（諸葛亮字孔明，號臥龍），哪裡都是君王呢？詩人比喻之詞怎能這樣窮究？他自詠他的檜樹，關朕何事？」王珪不禁語塞。

大臣們告退出來，章惇按捺不住氣憤，質問王珪：「相公恨蘇子瞻到了這個地步？居然扣個『不臣』的帽子，難道想滅盡別人的家族嗎？」王珪囁嚅：「老夫是從舒亶（按：音同膽）那裡聽來的。」章惇厲聲道：「舒亶的口水您也吃嗎？」說罷拂袖不顧而去。順便說一句，人於宋後羞名檜，也不再有人詠檜了，檜樹何辜？

神宗退朝回到內宮，去看望病重的祖母太皇太后（宋仁宗曹皇后）。曹太后倚在榻上問：「官家（按：宋朝時對皇帝的尊稱）這陣子看起來不大高興，不知所為何事？」神宗嘆了口氣：「新法的推行不太順利。蘇軾還寫詩嘲諷，流傳於世，朕已經將他下獄。多有大臣論他應為死罪。」

曹太后聞言，用力撐起身體，流淚而言：「記得當年先帝（宋仁宗）有一日制科考試回宮，喜形於色的對我說：『朕今日為子孫覓得兩位宰相，就是蘇軾、蘇轍兄弟！』官家不是想大赦天下為我的病祈福嗎？我看那也不必，只要赦免蘇軾一人足矣。」

神宗急忙寬慰道：「祖母儘管放心，孫兒知道人才難得，必不至令蘇軾死罪。」

這裡提到的曹太后，她的爺爺便是前文提到活捉李煜的宋初名將曹彬，而其長弟據說是八仙中的曹國舅。

過不幾日，王安石的另一位弟弟王安禮覲見神宗，為蘇軾求情道：「自古以來，有氣量的君王從不以言語定人之罪。如果以那幾首小詩的緣故加罪於蘇子瞻，恐怕後人要說陛下不能容才，於陛下的盛名有累。」曾經為歐陽修說過好話的吳充也勸神宗：「陛下一向不大看得起曹操，但曹操尚能容得下恃才傲物的禰衡，陛下為什麼容不下一個蘇軾呢？」

「烏臺詩案」發生時，王安石已被原來的新黨副手呂惠卿排擠，不在中樞執政，聽說蘇軾下獄，專門從江寧府上書神宗，內有一句「豈有聖世而殺才士乎」。王安石對神宗的心理把握得最為準確，一言打中要害，一心要做聖世明君的神宗終於下定決心，不顧一眾新黨御史的聒噪而赦免蘇軾。在下旨之前，神宗祕密派人去獄中察看蘇軾的狀況，使者回稟道：「蘇學士在獄中每日裡大吃大喝，到了晚上就呼呼大睡。」神宗笑道：「睡得這麼踏實，可見他心裡沒鬼。」次日頒旨，蘇軾「譏諷政事」，從輕發落，貶官為黃州（今湖北黃岡）團練副使了事。

大家要注意，現在已不是黑暗的封建社會了，上個世紀無數有才之士毀於「百花齊放、百家爭鳴」的「引蛇出洞」之計，到這個世紀，你仍沒汲取歷史教訓，還敢妄言國事，那就是很傻、很天真了。**自古執政者的禁言手段簡單粗暴，但卓有成效**。

蘇軾在牢中好好反省了一番，深知這次是禍從口出，告誡自己若能活著出獄，今後一定要謹言慎行。走出監獄大門，陽光明媚刺眼，一陣春風吹來，滿是久違了幾個月的自由氣息。弟弟蘇轍早已等在門口，將哥哥接到開封城裡最好的酒館暢飲壓驚。

酒剛過一巡，蘇軾便又文思湧動，開口吟出一句「卻對酒杯渾是夢，試拈詩筆已如神」。蘇轍狠狠瞪了他一眼。蘇軾立刻明白過來，自己掌了一下嘴：「還沒改掉說大話的毛病！」想了一想，又吟出一句「平生文字為吾累，此去聲名不厭低」，總算將姿態放低了一點兒，不過細看字裡行間，對自己的文字和名聲依然是頗為自負的。

第十二章

安石蘇軾臺上是政敵，臺下無芥蒂

幾年後，王安石已經退出政治中心、在江寧過著孤寂冷清晚年生活。某天，他突然接到蘇軾派人送的信，說是從黃州移官汝州路過金陵，想次日前來拜望。王安石的門生李定處心積慮的想置蘇軾於死地差點成功，蘇軾居然沒有恨屋及烏，反而**專程來看望門前冷落車馬稀的政敵前領袖**，這一點令王安石又驚又喜。

第二天清晨，王安石騎了一頭瘦驢，早早到岸邊等待。蘇軾遠遠望見，趕緊從船上跳下來，深深一揖：「下官今日失禮，竟然一身便服來拜見相公。」王安石朗聲大笑，一把挽住蘇軾的手臂：「子瞻，虛禮是為我們這種人而設的嗎？」兩人都是光風霽月的品格，所以雖然在政壇上意見敵對，卻能相逢一笑泯恩仇，品茗和詩，相談甚歡。王安石勸蘇軾將來在秦淮河畔買房定居，以便朝夕相見。蘇軾感激他的厚意，作詩一首：

騎驢渺渺入荒陂，想見先生未病時。
勸我試求三畝宅，從公已覺十年遲。

除了談詩，兩人更重要的話題是國家大事。蘇軾道：「大兵、大獄，是漢、唐當年滅亡的先兆。我大宋先帝以仁厚治理天下，正是想革除這類弊病。但如今國家在西方連年用兵不能和解，又在東南方數起大獄。國事如此危急，您怎麼不發一言來挽救呢？」王安石嘆了口氣：「這兩件事都是呂惠卿挑起的。老朽在外做地方官，怎敢不避嫌疑去多嘴議論大政方針？」蘇軾搖頭：「在朝廷中樞則參與議論國策，在外地則不議論，這確實是事奉君主的常禮。但陛下對待您的信任和重用遠超常禮，您怎麼能僅以常禮回報呢？」王安石被激勵起來，高聲道：「子瞻說得對。安石一定會上書陛下，盡忠相勸！」

兩人直聊到紅日西沉，蘇軾方躬身告辭。王安石望著他遠去的背影，對身邊人發出一聲嘆息：**「不知還要等幾百年，才能再出現如此人物！」**歐陽修認為蘇軾在當時獨步天下，而王安石更認為他能跨越時代獨領風騷幾百年。如今近千年過去了，也沒有出現能與蘇軾比肩的文化人物，介甫識人的眼光深刻獨到。

新舊之爭，誰君子？誰小人？

宋神宗駕崩後，兒子趙煦（按：音同旭）即位（廟號哲宗），改元（按：指中國封建時期皇帝在位期間改年號，而新皇帝即位須布年號則稱為建元）「元祐」，神宗之母太皇太后高滔滔（宣仁太后）垂簾聽政。宣仁太后在神宗時就反對變法，掌權後立即起用深孚眾望的司馬光回京。當年司馬光因為反對王安石的政策，自請離開朝廷到西京洛陽去寫書，這一去就是十五年，並完成了規模宏大的中國第一部編年體通史。神宗認為這部史書「鑑於往事，有資於治道」，欽賜書名《資治通鑑》。

司馬光回到京師時，開封市民摩肩接踵的圍觀這位傳說中的大儒，以至於道路堵塞，馬匹都不能前行。司馬光去宰相家拜謁，人們登樓騎屋的向下窺視，宰相家丁厲聲喝止，被人家一頓搶白：「我們又不是來看你主人，只是想一睹司馬相公的風采而已。」人群怎麼呵叱也不肯退去，連屋瓦都被踩碎，攀援的樹枝也被折斷，司馬光的人氣值堪稱爆表。

王安石聽說司馬光回到朝廷中樞，頓知大事不好：「司馬十二（按：因司馬光在家族同輩兄弟中，排行十二，故稱）要當宰相了！」果然司馬光很快執掌朝政。既然出於孝道的考慮，不能讓宋哲宗馬上變易父親當年的施政方針，司馬光便提出「以母改子」，由高太后來更改兒子神宗的政策，全面廢除新法，史稱「元祐更化」。保甲法、方田均稅法、市易法等相繼被廢除後，舊黨內部在是否該廢除免役法、恢復原來的差役法上，發生激烈的爭論，代表雙方的就是司馬光和他的門生蘇軾。蘇軾怎麼又成了司馬光的門生呢？

原來，我們平常說的宋朝進士考試指的是「常科」，一般每三年一大考，宋一代三百餘年，錄取進士約四萬人。趙匡胤吸取五代十國武將亂政的教訓（他自己的陳橋兵變對子孫而言，就是個很好的反面教材，做了虧心事，當然怕鬼叫門），採用文官治國，需要錄取大量的讀書人從政，連帶兵打仗的最高指揮官常常都是書生。

而宋朝最高等級的考試叫做「制科」，極少舉行，錄取也非常嚴格，三百年間才舉行了二十多場，總共僅有四十幾人通過，看這個比例就知道是在進士中「千裡挑一」，是為宰相儲備人選。

蘇軾兄弟嘉祐二年常科考試中了進士後還不滿足，在嘉祐六年又連袂參加制科考試，再次雙雙通過，顯示出蘇母對兒子們的素質教育和應試教育，是兩手一起抓（按：即兩者都能兼顧），都到了登峰造極的地步。宋仁宗就是在這次考試後，很高興的告訴曹皇后為兒孫找到了兩位宰輔之才。這次制科的主考官正是司馬光，考官包括蔡襄，所以蘇軾兄弟也是司馬光的門生。

蘇軾的名次是制科第三等，而制科的第一、二等是虛設，從來沒有人中過，第三等就**是事實上的宋朝第一人**。認出《正午牡丹圖》的吳育得到過第三次等，算是整個宋朝應試教育第二人。多年以後，蘇軾在寫給知交李之儀的信中自嘲：我當年參加制科考試的科目是「賢良方正能直言極諫科」，成績還不錯，就真的從此每每說古道今直言極諫，希望能配得上這個科目的名分，結果直諫一次被貶一次，差點被這個政治幼稚病給害死，實在是沒有自知之明啊。

首先勸司馬光不要全面廢除新法的，是同屬舊黨的范純仁。熙寧年間王安石變法如火如荼之時，范純仁曾上書神宗，公開指責王安石的政策是與民爭利，結果遭到貶逐。但面對司馬光執政後對新法一鍋端掉的做法，為人正直的范純仁卻不以為然，勸阻司馬光說：「王介甫制定的新法有利民可取之處，不應因人廢言。」固執的司馬光不以為意，只當作耳邊風。

此時新黨領袖章惇還在執掌國家最高軍事機構樞密院，因為與司馬光政見不同，經常上書反對，還找碴、戲謔嘲弄他，司馬光不勝其苦。蘇軾對章惇說：「司馬君實的名望很高。三國時蜀國先主劉備，認為手下大臣許靖有虛名而無實才，對他很輕視，法正勸諫說：

『許靖的虛名流傳四海，陛下如果不加禮敬，必有不尊重賢人的壞名聲。』劉備採納法正的意見，讓許靖當了司徒的高官。對待只有虛名的許靖尚且不可輕慢，何況是對待有真才實學的司馬君實呢？」章惇深以為然，司馬光這才稍微輕鬆了一些。由此可見，蘇軾和司馬光私交甚篤。

司馬牛也是拗相公

蘇軾因為被貶地方多年，知道民間疾苦，見司馬光一意孤行，也跑去相勸：「差役法、免役法其實各有利弊。相公您現在就想著全面廢除熙寧之法，怎麼不再仔細考量，綜合運用各法的長處呢？」司馬光聽了很不高興，丟下蘇軾自己走進政事堂。

蘇軾不依不饒的追進去又是一陣嘮叨，雖然司馬光很有涵養的不發火，但是臉色越來越黑，也完全不為所動。講得口乾舌燥，但一無所獲的蘇軾出了政事堂，氣得大叫：「司馬牛！司馬牛！」這當然是抱怨司馬光倔得像一頭牛，而歷史上還真有一位名叫司馬牛的人，他是孔夫子的學生，曾經很憂傷的感嘆：「人皆有兄弟，而唯獨我沒有。」同學子夏安慰他：「死生有命，富貴在天。君子敬而無失，與人恭而有禮，四海之內皆兄弟也。」一口氣就搞出一串成語，還以今天黑幫們最喜歡的口號收尾。子夏乃孔門高弟，著名軍事家吳起、政治家魏文侯魏斯都是他的學生。

司馬光下令，全國必須在五日內盡廢免役法，眾人都以為如此驟改民生大法不切實際，只有蔡京迎合長官意志，不顧民怨沸騰強壓，還真的做到了。所以蔡京後來能成為權傾一時的大奸臣，其來有自。

「司馬牛」執意將「拗相公」當年所推行的新法全盤盡廢，很難說沒有帶進自己被新黨晾在洛陽十五年的個人情緒。蘇軾、范純仁盡皆感嘆：「奈何又一位拗相公！」當僻處江寧的王安石，聽說連在民間口碑甚好的免役法也被廢除時，抑制不住驚愕，憤然道：「司馬十二連這法也廢嗎？」心情急轉直下，在神宗去世的第二年便鬱然病逝。

百官對於應該給予這位失勢的前宰相什麼待遇議而不決，已經病入膏肓的司馬光上書朝廷：「有人說王安石奸邪，也毀之太過。介甫只是不曉世事，又過於執拗而已。朝廷的贈恤之典應該從厚。」

就此一言而決，王安石獲贈太傅，這是位極人臣的正一品官銜，算得上哀榮備至。可見**司馬光很不喜歡王安石做的事，但尊重王安石這個人**。同年司馬光病逝，獲贈同為正一品的太師，並贈溫國公，所以後世稱之為「司馬溫公」。這一段公案究竟誰對誰錯呢？

南宋朱熹在時過境遷之後評論道：「溫公忠直，而於事不甚通曉。如免役法，七八年間直是爭此一事。他只說不合令民出錢，其實不知民自便之。」這幾乎是將司馬溫公對王荊公的蓋棺定論贈回給溫公本人了。知人者智，自知者明。知人難，自知更難。王安石是中國歷史上最著名的改革家之一，對他的評價向來眾說紛紜，筆者傾向於梁啟超先生的觀點：

「若乃於三代下求完人，惟公庶足以當之矣。以不世出之傑，而蒙天下之詬。」

不說不知道，「雪泥鴻爪」是附和出來的

我們之前在晏幾道、張先、歐陽修、柳永和王安石的章節中，穿插了蘇軾的許多故事。接下來終於可以好好欣賞一下這位號稱「發憤識遍天下字、立志讀盡人間書」，被王安石、歐陽修都稱賞不置的千年奇才，在制科高中之後的人生旅程了。

嘉祐六年，二十四歲的蘇軾在制科中考出「百年第一」的成績後，被任命為陝西鳳翔府判官，走馬上任。蘇轍一路送哥哥到了鄭州才分手回京，他估計蘇軾前路即將到達澠池，就寫了一首《懷澠池寄子瞻兄》寄過去：

相攜話別鄭原上，共道長途怕雪泥。
歸騎還尋大梁陌，行人已度古崤西。
曾為縣吏民知否？舊宿僧房壁共題。
遙想獨遊佳味少，無言騅馬但鳴嘶。

原來蘇轍和澠池很有淵源，他十九歲時曾被任命為澠池縣主簿，但隨即就考中進士，

所以沒有到任。他與蘇軾赴京應試時路經澠池，住在寺廟僧舍中，一同往壁上題過詩。蘇軾收到弟弟來信之後，和詩（按：和，附和。和詩即兩首以上的詩組成，第一首原唱，接下去的就是附和）一首《和子由澠池懷舊》：

人生到處知何似，應似飛鴻踏雪泥。
泥上偶然留指爪，鴻飛那復計東西。
老僧已死成新塔，壞壁無由見舊題。
往日崎嶇還記否，路長人困蹇驢嘶。

四個腳韻與蘇轍原作完全相同，從形式上嚴格遵守了和詩的要求；但若不事先告訴你這是一首和詩，你完全看不出它有絲毫受到束縛的痕跡。尤其是前四句，揮灑自如一氣呵成，是蘇詩中的名篇。既然人生所到之地方、所見之人物、所留之印記多是偶然也難以長存，不妨隨遇而安，便可少些感傷與煩惱。

這個「雪泥鴻爪」的生動比喻充滿了美感，在筆者看來，只有李白和蘇軾這種級別的天才方能寫得出，而且凡是對生活有細膩感受的人都容易產生共鳴。蘇軾的絕世才華在詩詞創作中開始閃耀。

西湖如西施，蘇軾打響杭州的風光

熙寧二年，王安石被宋神宗任命為參知政事，準備推行新法。蘇軾與王安石意見不合，多次勸諫未被採納，心裡很不舒服，就在寫給朋友石蒼舒的詩中發牢騷：「**人生識字憂患始**，姓名粗記可以休。」因為無論誰一旦讀了點兒書，就免不了想要做一個脫離低級趣味的人，開始有點兒精神追求，自然會憂國憂民，看到民生疾苦要他閉口不言是很困難的。這樣的人在今天很不招「上面」喜歡，在宋朝也是一樣。

兩年後，三十四歲的蘇軾被調出政府中樞，派往杭州任通判（大致相當於副市長）。這對於蘇軾的仕途來說是一個挫折，但對於杭州這個城市和它的人民來說則是天大的幸運。杭州原本有著秀甲天下的自然風光，蘇軾的到來則讓它的人文底蘊從此也登峰造極。杭州的名片是西湖，而西湖的名片便是蘇軾在此期間留下的《飲湖上初晴後雨》：

水光瀲灩晴方好，山色空濛雨亦奇。
欲把西湖比西子，淡妝濃抹總相宜。

如果將中國歷代美女排個序，大多數人都會說「沉魚、落雁、閉月、羞花」，西施以「沉魚」之貌拔得頭籌。蘇軾此詩巧妙的將西湖與絕代佳人西施相比，西湖的地位也就不言而喻。西施上妝後明豔不可方物，素顏時宛若出水芙蓉；心情好時春風再美也比不過妳的笑，心臟病發了則皺眉捂胸我見猶憐，完全是三百六十度無死角的國色天香。

很多景點你去之前都要看看節期、天氣是否合適，寒冷、陰雨天就要改期。但西湖無妨，春有蘇堤春曉，夏有曲院風荷，秋有平湖秋月，冬有斷橋殘雪；晴日裡看波光粼粼煙柳畫橋，下雨天則煙雨濛濛霧鎖江南，還不用收門票，完全是三百六十度無死角的五A景區（按：即依中國的《旅遊景區質量等級的劃分與評定》國家標準，五A是最高級別）。蘇軾這個比喻前無古人後無來者，是妙手偶得的神來之筆，不但生動貼切，而且平白淺顯易於傳誦，一舉成為西湖的定評。

寫了這首先晴後雨的名篇之後，蘇軾覺得應該挑戰一下自己，過幾天又完成了一首先雨後晴的，就是大家熟悉的《六月二十七日望湖樓醉書》：

> 黑雲翻墨未遮山，白雨跳珠亂入船。
> 卷地風來忽吹散，望湖樓下水如天。

此詩描繪盛夏中一場驟雨突然來到，又倏忽晴朗的情景，令人神清氣爽、眼前一亮。望湖樓，又名看經樓，為五代十國時吳越王錢俶所建，位於西湖畔斷橋不遠處，登樓眺望，一湖勝景盡收眼底。即使是第一流的詩人，要想寫出這麼一首好詩也不容易，需要精雕細琢、好好磨練，但蘇軾卻是臨時起意一筆寫就，因為那天他一口氣連寫了五首七絕，這只是第一首而已。這組詩中的第五首也是佳作：

未成小隱聊中隱，可得長閒勝暫閒。
我本無家更安往，故鄉無此好湖山。

筆者是蘇軾的老鄉，也來自美麗的天府之國，當平生第一眼看見西湖的時候，瞬間便認同了他在此詩中的評價。四川的景色比之江浙平原遠為豐富多樣，有蔥郁秀美的峨眉，有巍峨雄峻的雪山，有飛流湍急的大江，有迷彩炫目的九寨，但確實沒有一個地方像西湖這樣柔美入骨。全世界可能有許多湖光山色可以與西湖一較美麗，但論到「詩情畫意」四個字，確實再也無此好湖山。

第十三章

《寒食雨》不是上乘詩作，是天下三大行書

「中隱」一詞出自於蘇軾的偶像白居易《中隱》一詩：

大隱住朝市，小隱入丘樊。
丘樊太冷落，朝市太囂喧。
不如作中隱，隱在留司官
……
不勞心與力，又免飢與寒。
終歲無公事，隨月有俸錢
……

但蘇軾始終沒有真正進入，像白居易晚年那種事不關己、高高掛起的做官狀態，這也是為什麼他的人格感染力比樂天更高一籌。他在江湖之遠的杭州，依然心繫朝廷中轟轟烈烈的變法進程，還寫詩反映民間疾苦，沒想到正是這些作品埋下「烏臺詩案」的伏筆。而舉報他黑材料（按：即記錄人的罪行、錯誤之文件）的，居然是中國古代最著名的科學家之一——沈括。

沈括善待蘇軾的方式：告密

沈括的筆記《夢溪筆談》，被英國科學史家李約瑟評價為「中國科學史上的里程碑」；他的文筆也很不錯，曾與蘇軾在京師崇文館做同事。沈括被朝廷作為督察大員派到老家杭州去檢查農業工作，臨行前宋神宗特別叮囑：「蘇軾正在杭州當通判，你要善待他哦。」

沈括到了杭州，熱情的與蘇軾回憶當年交情，將他的新詩都抄錄下來，回到京城就以附箋的形式上奏，詳細注明了哪些詩句是反對改革、譏刺聖上，成為「烏臺詩案」的始作俑者。雖然當時沒有能立即掀起大風大浪，但等到李定等人出手時，沈括的這本告密小冊子被善加利用，為羅織蘇軾的「罪證」起了大作用。

沈括擁有作為科學家的榮譽，也不能使他逃過作為文字獄幫兇，而被永遠釘在歷史恥辱柱上的結局。今天那些還在搞文字獄的人，例如那些因為人家穿一件「不自由、毋寧死」的文化衫，就抓人的人；那些制定有爭議微博文章被轉發五百次，就可入罪之類法律的人，可不慎歟？

在杭州於潛縣豐國鄉有個寂照寺，蘇軾有次在此與慧覺和尚一同遊覽寺內的綠筠軒，十分喜愛其中種植的竹子，寫了一首《於潛僧綠筠軒》：

寧可食無肉，不可使居無竹。

無肉令人瘦，無竹令人俗。
人瘦尚可肥，士俗不可醫。
旁人笑此言，似高還似痴。
若對此君仍大嚼，世間那有揚州鶴？

東晉王羲之的兒子王徽之（就是差點做了大才女謝道韞老公的那位）平生最愛竹。有一次他剛搬進一處寄居的宅院，第一件事情就是馬上令人種上竹子。別人問他為何這麼著急，他指著竹子說：「怎可一日無此君？」蘇軾用的便是此典故。這首詩如果不分段，簡直就是一篇散文。所以很多人說蘇軾經常在用寫文章的方法來寫詩，寫的不是詩，而是押韻的散文，也不無道理。

十年生死揮淚寫，千古第一悼之詞

熙寧七年，蘇軾被調往密州（今山東諸城）任知州，在這裡他寫下至少三首名篇。首先是大名鼎鼎的豪放詞《江城子・密州出獵》：

老夫聊發少年狂，左牽黃，右擎蒼，

錦帽貂裘，千騎卷平岡。
為報傾城隨太守，親射虎，看孫郎。
酒酣胸膽尚開張，鬢微霜，又何妨？
持節雲中，何日遣馮唐？
會挽雕弓如滿月，西北望，射天狼。

詞中描繪了一幅動感壯觀的太守出獵圖，「老夫聊發少年狂」的豪言要像孫權年輕時一樣，親自射殺猛虎。關於「持節雲中，何日遣馮唐」，筆者在《精英必備的素養：全唐詩（初唐到中唐精選）》中詳細解釋《滕王閣序》裡的「馮唐易老」典故。中國古代星相學認為天狼星象徵著侵掠，蘇軾用它來代指西北犯境的宿敵西夏。

這首可能是蘇軾首次創作豪放詞，就已經達到第一流的高度，激情飽滿、聲韻朗朗。他自己也頗為滿意，在給朋友的信中寫道：「近卻頗作小詞，**雖無柳七郎風味，亦自是一家**。數日前獵於郊外，所獲頗多。作得一闋，令東州壯士抵掌頓足而歌之，吹笛擊鼓以為節，頗壯觀也。」忍不住又去和柳永相比了。柳永的詞要少女淺吟低唱才柔美無限，蘇軾的詞則要壯士打著節拍高歌方盡顯陽剛。

到密州後第二年正月裡的一個夜晚，蘇軾夢見十年前病逝的妻子王弗，醒來後揮淚作下《江城子．乙卯正月二十日夜記夢》，可稱千古第一悼亡詞：

▲《江城子‧密州出獵》是蘇軾首次創作豪放詞，豪言要像孫權一樣親自射殺猛虎（外敵西夏）。

十年生死兩茫茫，不思量，自難忘。
千里孤墳，無處話淒涼。
縱使相逢應不識，塵滿面，鬢如霜。
夜來幽夢忽還鄉，小軒窗，正梳妝。
相顧無言，惟有淚千行。
料得年年腸斷處，明月夜，短松岡。

蘇軾十九歲時，迎娶了芳齡二八（十六歲）的同鄉女子王弗。王弗是鄉貢進士之女，知書達理。紅袖伴讀對士子乃是最溫馨的福分，夫妻兩人琴瑟和諧、恩愛情深。可惜她二十七歲就韶年早逝，留下一個年方六歲的兒子蘇邁，對蘇軾的打擊之大不言而喻。

王弗去世三年後，蘇軾續娶了王弗的堂妹王閏之。筆者估計這樁親事的原因有幾種可能性：第一，據說王閏之頗有其堂姐的風韻，蘇軾的心靈能得以安慰；第二，兩人作為親戚，有機會提前相識了解；第三也是最重要的，為了王弗所留下的幼兒能得到繼母的精心呵護，以王閏之續弦最能讓蘇軾放心。果然，王閏之對蘇邁視同己出，和自己後來所生的蘇迨、蘇過「三子如一」，蘇軾重新擁有了和睦美滿的家庭。

出於生活的現實，他不可能常常將亡妻掛在心間，但又絕未忘卻，這叫「不思量，自難忘」。臺灣電影史上的經典之作《搭錯車》主題曲〈酒干倘賣無〉裡，有一句「從來不需要想起，永遠也不會忘記」，就是這句詞的白話版。該歌詞、曲由羅大佑、侯德健創作；蘇芮與其說是在用情感演唱，不如說是在用生命吶喊，憑它而登頂歌壇封后。

「千里孤墳，無處話淒涼」是傷感愛妻的墳塋遠隔千里，想去掃墓說說話也難以如願。其實就算墓在附近，陰陽兩隔之人就能夠「話淒涼」了嗎？死亡，對於人類來說是無法解決的終極問題。結尾一句「料得年年腸斷處，明月夜，短松岡」，讀之悲涼徹骨，令人黯然銷魂。

整首詞音韻淒厲而鏗鏘，將生離死別之情抒發得淋漓盡致，後人評價為「有聲當徹天，有淚當徹泉（按：出自「蘇門六君子（即黄庭堅、秦觀、晁補之、張耒、陳師道、李廌六人，因常與蘇軾交遊，或被蘇薦拔，故稱）」之一陳師道的《妾薄命・其一》）」，不但在悼亡詞中公認排名第一，而且被許多人列為**所有愛情詩歌之首**。

《水調歌頭》讓其餘中秋詞俱廢

熙寧九年的中秋佳節，蘇軾思念七年未見的弟弟蘇轍，酒後寫下了《水調歌頭》（丙辰中秋，歡飲達旦，大醉，作此篇，兼懷子由）：

明月幾時有？把酒問青天。

不知天上宮闕，今夕是何年？
我欲乘風歸去，又恐瓊樓玉宇，高處不勝寒。
起舞弄清影，何似在人間？

轉朱閣，低綺戶，照無眠。
不應有恨，何事長向別時圓？
人有悲歡離合，月有陰晴圓缺，此事古難全。
但願人長久，千里共嬋娟。

第一句就是對宇宙終極問題的追問，與張若虛的《看江花夜月》「江畔何人初見月？江月何年初照人」以及李白的《把酒問月》「青天有月來幾時？我今停杯一問之」在思想上一脈相承。而且此詞有兩處在向李白的《月下獨酌》致敬：「把酒問青天」是「舉杯邀明月」的工整絕對；李白「我舞影零亂」，蘇軾也「起舞弄清影」。

全篇皆是佳句，既有對出世的嚮往，更有對人間的眷戀；既有離人的愁緒，更有樂觀的情懷。所以胡仔在《苕溪漁隱叢話》評價：「中秋詞，自東坡《水調歌頭》一出，餘詞俱廢。」一信哉斯言。

永遠的鄧麗君先演唱了這首詞，後來王菲是翻唱了鄧麗君的。何以見得呢？曲調未變

▲ 以懷念弟弟蘇轍之情為基礎，蘇軾從中秋明月展開想像和思考，描述對人的悲歡離合之情，及對出世的嚮往。

不是重點，重點是鄧麗君將「綺（按：音同起）」字錯唸成「以」，王菲重複了這個錯誤。個人感覺兩個版本各有所長。蘇軾這首詞像是天仙下界，前半闋尤為空靈，而王菲歌聲的特點就是空靈，非常般配；鄧麗君的演繹則傳統含蓄，更具古典韻味。

東坡居士，不夠窮還沒東坡

蘇軾的第二位夫人本來名叫「二十七娘」，是按照娘家大家族同輩女子中的排行而起的。當時的女性通常這樣隨便叫個小名，並沒有像樣的正式名字，包括書香門第也是如此。比如蘇軾母親在史書裡的名字就是「程氏」，他姐姐名叫「蘇八娘」，他傳說中有、但實際並不存在的妹妹叫「蘇小妹」，蘇轍的妻子叫「史氏」。「閏之」這名字很可能是蘇軾為妻子起的，因為她出生在閏正月裡。閏之還有字「季璋」，可見在自己父母家中排行第四。

熙寧十年，蘇軾調任徐州知州。元豐二年，又調往湖州任知州。正是在這次調任的感謝信中，蘇軾發了那句「陛下知其愚不適時，難以追陪新進」的牢騷，成為「烏臺詩案」的導火線，最終被降職為黃州團練副使，無權簽署公文，也不得擅自離開安置地，是一種半軟禁的管制生活。

團練副使這個職位有點像民間自衛隊副隊長，官職低微，薪俸非常少，很難養活一大家人。為了盡量讓大家吃飽肚子，王閏之只能在每個月初，將老公的月薪四千五百錢均勻分為三十份，分別用一根麻繩穿起來掛在房梁上。每天早上起床後的第一件事情，就是用長叉取且僅取一串下來用以安排三餐果腹，然後趕快把叉子藏起來。如果女主人勤儉持家，當天能有些節餘，蘇軾就興高采烈的將這些意外之喜藏在一個小罐子裡，以備萬一有客人來訪時好買點酒招待。

生活淒苦，自然容易心境悲涼，樂觀如蘇軾者也不能免。他在被貶黃州第三年的寒食節作了《寒食雨二首》。

其一：

自我來黃州，已過三寒食。
年年欲惜春，春去不容惜。
今年又苦雨，兩月秋蕭瑟。
臥聞海棠花，泥汙燕脂雪。
暗中偷負去，夜半真有力。
何殊病少年，病起頭已白。

其二：

春江欲入戶，雨勢來不已。
小屋如漁舟，濛濛水雲裡。
空庖煮寒菜，破灶燒濕葦。
那知是寒食，但見烏銜紙。
君門深九重，墳墓在萬里。
也擬哭途窮，死灰吹不起。

這兩首詩蒼涼惆悵，不過只是蘇軾的一時遣興之作，在他的詩歌中不算上乘。當時他隨手用行書將兩詩寫在一張素箋上，運筆起伏跌宕、氣勢奔放，結果成為他書法的代表作，就是大名鼎鼎的《黃州寒食詩帖》，簡稱《寒食詩帖》。

黃庭堅在此詩後所跋：「試使東坡復為之，未必及此。」世人遂將東晉王羲之《蘭亭集序》、唐顏真卿《祭侄文稿》、宋蘇軾《寒食詩帖》合稱為**「天下三大行書」**，或單稱《寒食帖》為「天下第三行書」。史載唐太宗大愛《蘭亭集序》，將原稿帶進了陵墓；而《祭侄文稿》和《寒食詩帖》現藏於臺北故宮博物院。

就在蘇軾過著這種貧苦生活的時候，天無絕人之路，老朋友馬正卿專程前來看望。見蘇軾如此窘迫，馬正卿立刻找到昔日同窗、時任黃州太守的徐君猷（按：音同猶），請他將城東一塊閒置的坡地撥給蘇軾墾殖。徐君猷本就欣賞蘇軾，當即首肯，這一下就解決了蘇家的吃飯問題。

蘇軾大喜過望，想起當年白居易擔任忠州刺史時在東坡植樹種花，還樂天知命的寫下了《步東坡》詩云：「朝上東坡步，夕上東坡步。東坡何所愛，愛此新成樹……」便效法白樂天，將自己的這塊坡地稱為「東坡」，並自號「東坡居士」。中國文化史上最響亮的名字之一「蘇東坡」便從此誕生了。

喝酒、賞月必吟詠──《念奴嬌》

那年秋天，有兩位客人來拜訪東坡，大家仰望明月詩歌唱和，不覺大樂。東坡突然嘆口氣：「雖有佳客，卻無酒無菜，真是浪費這月白風清的良夜啊！」客人道：「今天黃昏時我們在江中撒網撈上一條魚來，巨口細鱗，很像是松江鱸魚。只是哪裡能搞點酒來？」東坡一聽來了精神，馬上跑回家去問王閏之：「現在有魚，菜不愁了。咱家那陶罐裡還有餘錢可以拿來買點兒酒嗎？」閏之笑道：「我有一斗酒，藏在家裡好久了，就等著應付你這種不時之需。」東坡大喜，立刻和客人帶著酒和魚，到黃州城外的赤壁山下去賞月吟詠。這一去，千年名篇《念奴嬌‧赤壁懷古》誕生了：

大江東去，浪淘盡，千古風流人物。

故壘西邊，人道是，三國周郎赤壁。
亂石穿空，驚濤拍岸，卷起千堆雪。
江山如畫，一時多少豪傑。

遙想公瑾當年，小喬初嫁了。
雄姿英發，羽扇綸巾，談笑間、檣櫓灰飛煙滅。
故國神游，多情應笑我，早生華髮。
人生如夢，一樽還酹江月。

我們一般說蘇東坡是豪放派的領軍人物，代表作就是這首詞，他的幕僚將蘇詞與柳詞對比時也是以此詞為例。有的版本中是「亂石崩雲」、「強虜灰飛煙滅」，總之就是當年戰場亂石高聳入雲，北方強敵曹操的戰船都被周瑜一場火攻，燒得檣櫓灰飛煙滅，從此進入「東漢末年分三國，烽火連天不休（按：此句引用歌手林俊傑的〈曹操〉）」的時代。

借憑弔古戰場，追念一代豪傑們的文韜武略、氣度功業；借絕代佳人小喬，側面烘托能與她相般配的英雄周郎。然而即使周郎這樣的風流人物，也被歷史的大浪淘盡了。反觀自己，年輕時曾經雄心萬丈，如今兩鬢已生白髮而功業未成，不能不感嘆人生如夢。末句高舉酒杯遙敬萬古長存的明月，盡顯東坡特有的曠達之情。

不過三國時代赤壁之戰的古戰場，並非東坡當時遊覽的黃州赤壁山（又名赤鼻磯），而是在上百公里以外的蒲圻（按：音同僕奇，今湖北赤壁）。如果東坡當時知道這一點，他又不能擅自離開黃州，恐怕就寫不出這千古絕唱了，我們實在應該感謝這個美麗的誤會。

蘇軾沒逃跑，在床上鼾聲

東坡的客人說釣上來的很像是松江鱸魚，其實也不難辨別。

在赤壁被一把火燒得大敗虧輸的曹丞相有一次大宴下屬，著名魔術師左慈做了不速之客，看了眼主菜生魚片，把嘴一撇：「要吃生魚片嘛，只有松江鱸魚最美味。」今天很多人知道生魚片（也稱刺身）是日本人的傳統食物，但它最早起源於中國。

曹操正想收拾這個妖道呢，冷笑一聲：「你光動嘴皮子有什麼用？松江與此地千里之隔，怎麼取得到那裡的鱸魚？」左慈道：「這有何難？接下來，就是見證奇蹟的時刻！」他立刻叫人拿來一把釣竿，在相府的魚池中頃刻間釣出數十尾鱸魚放在殿上。曹操一皺眉：「這些魚是我家池中原來就有的。」左慈笑道：「丞相開玩笑了。天下鱸魚都只有兩腮，唯獨松江鱸魚有四腮，由此可分辨也。」眾人視之，果是四腮。《三國演義》裡記載了這個靈異故事。

西晉張翰在長安為官時，有一年秋風初起，突然思念家鄉蘇州的時令美味：蓴菜羹和鱸魚膾，當時便辭官而歸，後人就**多用「蓴菜鱸魚之思」來作為辭官歸鄉的理由**。范仲淹自小在那一帶長大，熟知漁民勞作的艱辛危險，著有《江上漁者》一詩：

江上往來人，但愛鱸魚美。
君看一葉舟，出沒風波裡。

康熙、乾隆都很喜歡松江鱸魚，下江南時必大快朵頤。三年困難時期（按：又稱三年大饑荒，是中國國內因農業集體化和大躍進運動，導致一九五八年至一九六一年期間發生全國饑荒，一九八〇年以前中國稱此期為三年自然災害。現在人們大多知道困難的原因三分在天災，七分在人禍），領袖看全國人民都在餓肚子，也表率不吃最愛的紅燒肉了，改吃松江鱸魚。尼克森訪華時還能吃到，等伊莉莎白二世女王來的時候，點名要吃也沒能如願，一江鱸魚幾乎被達官貴人們吃絕了。後來經領導特別批示，不知從哪裡又找來一點餘種開始繁殖。進入二十一世紀後，四鰓鱸魚終於重現江湖。

東坡與客人們在長江上飲酒吃魚，唱詞作賦，直至夜半興盡方歸。不料回到江邊臨臯亭的家時，家僮早已熟睡，如雷的鼾聲完全掩蓋敲門聲。東坡敲到手腕痠麻屋內也毫無反應，只好和客人站在門外聽江水嘩嘩直到天亮，借這段時間好好思考了一番人生和哲學，順便完成一闋《臨江仙・夜歸臨臯》：

夜飲東坡醒復醉，歸來彷彿三更。
家童鼻息已雷鳴。
敲門都不應，倚杖聽江聲。
長恨此身非我有，何時忘卻營營？
夜闌風靜縠紋平。
小舟從此逝，江海寄餘生。

第二天清晨家僮開門，東坡進屋且不罵家僮，也不吃早飯，趁著酒興未散先將此詞寫在紙上。客人們看了紛紛拍案讚嘆，出門就對人傳誦東坡作了這麼一首詞，事情傳來傳去很快就變成：「昨夜蘇軾作了此詞，將官帽官服掛在長江邊上，駕舟長嘯而去，不知所蹤了。」太守徐君猷聽到傳聞，嚇了一大跳，蘇軾是屬於「監視居住」的罪人，就這麼失蹤了自己可是要負監管不力的責任，急忙親自趕來視察。東坡正在床上呼呼大睡還未醒來，鼾聲比昨夜家僮猶有過之。「蘇軾逃跑」的笑話一直傳到京城，連神宗都聽說了，心想朕給蘇軾的處罰是不是太重了點，過陣子還是把他調回來吧。

第十四章

不識廬山真面目，我被聰明誤一生

蘇軾既然按律不得離開黃州，又不能管理公事，墾殖東坡之餘就在轄區內東遊西蕩，把大小景點都逛了一遍。有一天他晃到歧亭鎮時，突然眼前一亮，巧遇了一位故友陳慥（按：音同造）。原來當年他制科高中後，由組織分配的第一份工作是鳳翔府判官，那時候年輕氣盛，與頂頭上司太守陳希亮相處得不怎麼融洽，卻和陳希亮的四兒子陳慥很談得來。

河東獅吼季常癖，何妨吟嘯且徐行

陳慥，號「龍丘居士」，家資巨萬而為人狂放不羈，對於做官不大熱心，就喜歡走馬射箭、談古論今、討論佛學，一看就是和蘇軾氣味相投那種人。他在黃州的住處寬敞華麗，家裡養著一群美貌歌女，有客來訪時就以美人歌舞待客。陳慥的妻子柳氏性情嫉妒暴躁，經常在這種時候醋性大發，高聲大吼，給歌舞來點兒不協調的配樂，弄得陳慥很是尷尬。蘇軾在他的《寄吳德仁兼簡陳季常》中取笑道：

……
龍丘居士亦可憐，談空說有夜不眠。
忽聞河東獅子吼，拄杖落手心茫然。
……

陳慥本來和蘇軾等一眾客人興致勃勃的一邊飲酒，一邊高談闊論關於「空」啊、「有」啊的佛學詞彙，徹夜不眠直到東方既白，突然聽到老婆一聲怒吼，頓時驚慌失措。因為黃河流經山西省的西南部，所以山西古稱「河東」，秦漢時的「河東郡」包括今天的運城、臨汾（按：音同焚）一帶，在魏晉隋唐年間是柳姓的郡望（按：為某望族的發源地），運城人柳宗元就被稱為「柳河東」，蘇軾在此用「河東」代指柳氏。「獅子吼」是佛家用語，形容釋迦牟尼說法時的威嚴，這裡比喻柳氏態度之嚴厲、罵聲之洪亮。陳慥字季常，後人就用「季常癖」比喻怕老婆者的妻管嚴情結，用「河東獅吼」比喻老婆大人的威風凜凜、寶相莊嚴。

蘇軾等損友們被女主人這麼指桑罵槐的厲聲一喝，也不好意思繼續待下去，趕緊知趣的起身告辭。眾人悻悻然回家的路上，又被一場不期而至的陣雨澆得好不狼狽，可謂禍不單行。唯獨蘇軾一人興致高昂，就算淋成了落湯雞，還一面走一面哼起小調《定風波》（三月七日，沙湖道中遇雨。雨具先去，同行皆狼狽，余獨不覺，已而遂晴，故作此詞）：

莫聽穿林打葉聲，何妨吟嘯且徐行。
竹杖芒鞋輕勝馬，誰怕？一蓑煙雨任平生。
料峭春風吹酒醒，微冷，山頭斜照卻相迎。

▲ 即使被女主人厲喝、回程又被陣雨淋溼，也澆不息蘇軾的興致。

回首向來蕭瑟處，歸去，也無風雨也無晴。

如是巾幗，愧煞鬚眉

元豐六年，蘇軾得了第四個兒子，乃是侍妾王朝雲所生。蘇軾年輕時曾任職杭州通判，在西湖上認識了年少的歌女朝雲，「欲把西湖比西子，淡妝濃抹總相宜」此佳句很可能就是在欣賞她美妙歌舞時的有感而發。「朝雲」此名來源於巫山神女，因其自稱「朝為行雲，暮為行雨」。蘇軾對朝雲十分喜愛，將她收為侍女，還為她起了一個字「子霞（不是紫霞仙子）」，使得雲、霞相對應。

朝雲自幼家境貧寒而淪落風塵，起初連大字都不識幾個，但聰慧機敏，慢慢向蘇軾學會了認字、書法，甚至寫詩。因為受到蘇氏夫婦的善待，她決意追隨終身。蘇軾貶官黃州以後，朝雲也長大成人到了婚齡，由侍女改為侍妾。蘇軾為朝雲所生子取名「遁」，其意思八成是想遠離政治漩渦而遁於世外。遁兒滿月之時，蘇軾寫《洗兒詩》一首自嘲：

人皆養子望聰明，我被聰明誤一生。
惟願孩兒愚且魯，無災無難到公卿。

此詩牢騷太盛、過於直白，不是頂級佳作，但卻很好玩，所以後人多有模仿之作。其中明末才子錢謙益的《反東坡洗兒詩》與之相映成趣：

東坡養子怕聰明，我為痴呆誤一生。
但願生兒狷且巧，鑽天驀地到公卿。

錢謙益的繼室夫人比他更出名，乃「秦淮八豔」之一的柳如是。柳姑娘的身世有點像王朝雲，同樣自幼家貧墮入風塵，起名為「柳隱」；也同樣聰慧好學，詩歌、書法都登堂入室，讀到辛棄疾的詞《賀新郎》：「我見青山多嫵媚，料青山見我應如是」，大愛之，故自號「如是」，人中柳如是，是如柳中人；後來也同樣因為傾慕，而嫁給了比自己年齡大很多的才子。

錢謙益後來將柳如是娶作繼室，稱為「河東君」，大家看過前文應該知道「河東」二字的來由。

崇禎帝在煤山自縊，南明弘光小朝廷成立，錢謙益當了禮部尚書。不久清軍南下，國勢無可挽回之際，柳如是勸老公一起投水殉國，錢謙益走下水試了一下，苦著臉道：「水太冷！」柳如是奮身跳水，卻被老公硬拉住了，這是一個著名的段子。

後來**錢謙益靦腆的降清**，去北京做禮部侍郎兼翰林學士，**柳如是卻留在南京不肯北**

上。錢謙益不斷受到妻子的影響，半年後便稱病辭歸，暗中與鄭成功、張煌言等人聯繫，重新投入抗清陣營一方。柳如是四處奔走，資助、慰勞抗清義軍，並勸勉那些試圖全身遠禍的人說：「中原鼎沸，正需大英雄出而戡亂禦侮，應如謝東山（謝安）運籌卻敵，不可如陶靖節（陶淵明）亮節高風。如我身為男子，必當救亡圖存，以身報國！」她雖是女兒身，但論到見識、膽略、節氣、功績卻遠勝一眾鬚眉，包括她大名鼎鼎的丈夫。

正是靠著柳如是的義烈，才沖淡人們對錢謙益變節降清的反感。中國歷史學家陳寅恪先生贊她為「女俠」、「國士」，認為她是中國民族「獨立之精神、自由之思想」的代表，花八十多萬字寫了《柳如是別傳》。但錢鍾書先生說，不值得為柳如是寫這麼大的書。

跨越唐宋的論戰，由東坡畫下句點

元豐七年初春的一天，已經在黃州隨遇而安的東坡心情大好，因為他最心愛的海棠開花了。原來在他所住的不遠處小山之上遍生雜花，其中偏偏有一株特別繁盛的海棠，雖然當地人都不認識，但來自四川的蘇軾一眼就認出了這家鄉多有的名花。此花每年盛開之時，他必然邀客賞花飲酒，海棠花下醉了一共五次。這日大家開懷暢飲直到明月初升，興致勃勃的東坡即席賦《海棠》詩一首：

東風裊裊泛崇光，香霧空蒙月轉廊。
只恐夜深花睡去，故燒高燭照紅妝。

就在東坡賞海棠這一晚，山東章丘誕生了一個女嬰，長大後寫出了一句著名的「試問捲簾人，卻道海棠依舊」，她的大名是李清照。也就是在這一晚，汴京深宮之中的宋神宗孤獨的吟詠著流行歌曲《水調歌頭》中的「瓊樓玉宇，高處不勝寒」一句，覺得這正是自己心情的寫照，嘆口氣道：「蘇軾終是愛君。」

隔天神宗叫來宰相王珪商量：「修國史這件事情至關重要，讓蘇軾回來負責如何？」王珪面露難色：「自從把這幫批評者趕出京城以後，咱們牢牢掌握了輿論陣地，每次民意調查中，政府得到的好評率都遠超列祖列宗，朝野上下散發著正能量，耳根煞是清淨。只怕讓蘇軾回到京城，他又胡言亂語妄議新法的大政方針，人心散了隊伍可不好帶。」

神宗看王珪不贊成，皺皺眉頭：「如果蘇軾不合適，那就暫且先用曾鞏修史吧。」曾鞏寫好開國皇帝趙匡胤部分的《太祖總論》進呈，神宗看來看去覺得不太滿意，這次也不找蘇軾的政敵王珪商量了，乾脆親手寫詔書，改蘇軾為汝州團練副使安置。雖然是職位一模一樣的平調，地點卻從偏遠的黃州調回了河南境內的汝州，離京城政治中心非常近，重新起用之意昭然。

但這時候的蘇軾經過了「烏臺詩案」的生死關頭和黃州五年的生活磨練，已經不再是對政治一腔熱血的愣頭青年，而是恬淡從容的東坡居士了。他的內心並不想重返朝廷中樞，所以打點行裝離開黃州後根本沒向北回汝州，而是向東先去「路經」了一下廬山。看一下地圖就會明白，這完全是南轅北轍，越走離汝州越遠。進得廬山之後，奇秀景色實乃他平生所未曾見。山中的平民、和尚都驚喜相傳：「蘇子瞻來了！」東坡畢竟也是人，虛榮心得到了極大的滿足，隨口作了一首五絕：

芒鞋青竹杖，自掛百錢遊。
可怪深山裡，人人識故侯。

我們今天旅遊時經常看攻略，東坡也是一樣。他一邊遊廬山，一邊看朋友送給他的一本陳舜俞寫的《廬山記》，讀到其中一段前朝詩人的有趣故事，不覺啞然失笑。

按照唐代的科舉制度，各州縣選拔士子進貢京師，參加由禮部主持的進士考試，稱為「會試」。白居易擔任杭州刺史時，「故國三千里，深宮二十年（《宮詞》）」的作者才子張祜，請他貢舉自己為杭州賽區的出線代表，沒想到正好遇上另一位才子，「天下三分明月夜，兩分無賴在揚州（《憶揚州》）」的作者徐凝也跑來請白刺史舉薦自己。

兩雄相爭，互不相讓。徐凝昂首言道：「張兄，你的詩再好，也沒有能和我詠《廬山瀑布》之『今古長如白練飛，一條界破青山色』匹敵的句子吧？」張祜默然不答。白居易嘆道：「論到你們兩位詩歌的比較，就像廉頗和白起在狹小的鼠穴中相鬥，勝負只在於一戰之間啊！」

秦國的白起、王翦和趙國的廉頗、李牧，號稱戰國四大名將。白起是四大名將之首，曾在伊闕之戰大破魏韓聯軍、攻陷楚國國都郢城。最著名的是在長平之戰後期，重創紙上談兵的趙括所率領的趙國四十萬主力。一生奪城逾百，殺敵百萬，可謂百戰百勝，為秦國統一中國立下了不世之功，被封為武安君。

廉頗曾為趙國大破齊國、屢敗強秦。長平之戰前期成功抵禦秦軍，使得秦國不得不用反間計誘騙趙國換上趙括為帥。長平之戰後率領趙國殘兵，還能擊退燕國趁人之危的入侵，斬殺敵帥栗腹，逼得燕國割地求和，被封為信平君。

白起跟廉頗都是常勝將軍，有趣的是他們生活在同一時代，卻從來沒有機會正面交鋒。在白居易的心目中，徐凝的《廬山瀑布》不輸於詩仙李白的《望廬山瀑布》，張祜的《觀魏博何相公獵》不輸於詩佛王維的《觀獵》，兩人如今同堂爭勝，就像廉頗、白起兩位不敗名將狹路相逢於鼠穴之中，不得不一決雌雄。這個比喻既有惜才之意，又不失為難得一見的盛事。

仔細比較之後，白刺史評判徐凝險勝。這讓名氣比徐凝更大的張祜非常難堪，也使得張祜的好友杜牧發飆，寫詩嘲諷白居易「睫在眼前長不見」。這個故事在《精英必備的素養：全唐詩（中唐到晚唐精選）》中有詳細紀錄。

東坡信步進了開先寺，住持大師見大名鼎鼎的蘇子瞻光臨，喜出望外，趕緊備下筆墨求詩。剛剛看完八卦故事的蘇軾若有所思，揮毫寫下一首絕句：

帝遣銀河一派垂，古來惟有謫仙詞。
飛流濺沫知多少，不與徐凝洗惡詩。

以蘇軾的成就和眼光，一旦評價「郊寒島瘦、元輕白俗」，事後都成了定論。現在他說徐凝的《廬山瀑布》是「惡詩」，和謫仙李白的《望廬山瀑布》根本不在一個檔次，一下子就讓徐詩徹底掛掉，宋朝以後再沒有什麼人來為其翻案。這場跨越唐宋的論戰，張祜和杜牧在強大友軍蘇軾的幫助下，終於完勝了徐凝和白居易。

東坡這麼刻薄的評論徐凝，很可能是在潛意識裡認為李白《望廬山瀑布》的「飛流直下三千尺，疑是銀河落九天」根本無法被超越，所以徐凝的「今古長如白練飛」是班門弄斧。既然如此，他自己當然也就避開瀑布而只寫山景。蘇軾在西林寺的牆上留下了《題西林壁》，作為遊覽廬山後的總結：

橫看成嶺側成峰，遠近高低各不同。
不識廬山真面目，只緣身在此山中。

此詩久負盛名，但筆者認為其藝術性在徐凝詩之下，因為只有說理而沒有寫景，更像是一篇哲理議論文。東坡似乎蠻喜歡寫這種哲理詩，還有一首《琴詩》：

若言琴上有琴聲，放在匣中何不鳴？
若言聲在指頭上，何不於君指上聽？

怪不得有人說蘇軾是用寫文章的方法來寫詩，如果單以《題西林壁》和《琴詩》為例，這個評價確實恰當，還好蘇軾的大部分詩歌並非如此。詩人大凡討論起生活哲理，常常是由於心有所感，東坡很可能在廬山悟到：從新黨、舊黨的不同角度看待事物會得出不同的結論，只有跳出黨爭之外才能看清國事的全貌。在這樣的思緒中，他繼續沿江東下直到金陵，去拜訪新黨前領袖王安石，從而發生了前文（按：見第一八六頁）所敘的那一幕。

何事也值東坡死？

蘇軾在金陵收穫了與王安石的友誼，另一方面卻付出了巨大的代價。他期望著「惟願孩兒愚且魯，無災無難到公卿」的幼子蘇遁中暑不治，夭亡在母親王朝雲的懷中。遭此沉痛打擊的蘇軾，更加無心北上汝州，上書朝廷說自己生活條件窘迫，想到常州居住，因為在那裡有點田產，可以自給自足。奏書早上到了宋神宗手中，當天傍晚即被批准。就在蘇軾收到批覆，打點行裝準備從金陵出發去常州時，遠在京城的皇帝駕崩了。

常州一帶是江南魚米之鄉，不但物產豐富，而且風景優美。蘇軾來到此地後，既無飢寒之憂，又遠離了政治紛爭，大概是一生中最為優遊的一段歲月。他在這裡寫下的著名篇章，是為惠崇和尚《春江晚景圖》的題畫詩：

竹外桃花三兩枝，春江水暖鴨先知。
蔞蒿滿地蘆芽短，正是河豚欲上時。

惠崇的這幅畫作已經失傳，但從此詩生動的描寫中，我們似乎能想像其畫面的春意盎然。「春江水暖鴨先知」一句，傳神入妙，也富有哲理。最令人印象深刻的，是東坡對肥美河豚（學名為河魨）即將上市的垂涎欲滴。河豚之鮮甲於天下，所以民間一直有「拚死吃河豚」的比喻，連普通的豬肉都能吃出花的美食家蘇軾，自然不會放過這種極致美味。

常州有個人特別善於烹調河豚，特意邀請蘇軾來品嘗自己的手藝，全家婦孺都躲在屏風後窺探，期待「舌尖上的大宋」節目金牌主持人蘇東坡先生能品題一句，借此得以身價大增。東坡悶頭大嚼，卻像啞巴一樣一言不發，一直在屏風後探頭探腦的人們十分失望。整頓飯吃完，東坡把筷子一放、油嘴一抹，點頭說了四個字：「也值一死！」全家人轟然大樂。

子瞻一出場，遼使低頭顧吃飯

宋哲宗即位，高太后臨朝，司馬光執政後，之前因為反對新法而被貶的大臣們陸續復職，蘇軾也被調回京城擔任翰林學士，重返朝廷中樞。有一天晚上，他因為值班而夜宿皇宮，忽然太監來傳旨，太皇太后和皇帝召他便殿說話。

高太后問道：「蘇愛卿前年為何官？」蘇軾答：「臣為常州團練副使。」高太后又問：「如今為何官？」蘇軾答：「臣如今待罪翰林學士。」高太后再問：「怎麼一下子連升了這麼多級呢？」蘇軾答：「是臣有幸遭遇了太皇太后和皇帝陛下！」按道理這個應該是標準答案，不料高太后搖頭：「非也。」蘇軾疑惑道：「那想來是宰執大臣的推薦？」高太后還是搖頭：「也不是。」

想當到翰林學士這樣親近皇帝的高位，正常情況下只有以上兩種途徑，蘇軾一聽高太后都否定了，大驚之下趕緊躬身：「臣實在不敢通過其他途徑以求進用！」高太后緩緩道：「這是先帝的心願啊。從前先帝每次在宮中讀愛卿的文章，常常御膳擺到案上也忘了吃，必嘆息說：『奇才，天下奇才！』只是沒有來得及重用愛卿就龍馭賓天了。」

蘇軾聽了，對神宗的知遇之恩大為感動，不覺失聲痛哭。高太后與哲宗念及先帝，也默默流淚，左右宮人都唏噓不已。高太后抹去淚水，命坐賜茶，然後派人將御前金蓮燭撤下，用來打著燈籠照明送蘇軾回翰林院休息（賜燭歸院）。這在宋朝是一等一的待遇，三百餘年間只有幾位大臣享受過如此殊榮（按：唐宣宗時，撤燭送令狐歸院成為肇始。在宗朝享此殊榮除了蘇軾外，還有蘇易簡、錢俶、晁迥、王欽若、鄭獬、王禹玉、曹佾、周必大、史浩）。

此時宋朝與遼國之間遵守澶淵之盟，多年睦鄰友好承平無事。兩國之間既然沒機會動用武力、比肌肉了，總要搞點什麼來爭強鬥勝，那就拚文學、比大腦吧。元祐年間，蘇軾顯然是宋朝方面的頭號種子選手。遼國來訪的使者素聞其大名，想著要出點奇招來折服他，便在歡宴之時突然開口：「鄙國有一上聯『三光日月星』，無人能對。不知貴國可有高士能指教否？」

宋朝大臣聞者面面相覷。因為字數的限制，無論下聯對以什麼事物，前面那個「三」字總是要重複的。大家都將頭轉向蘇軾，但他們求救的目光還沒有射到東坡身上，子瞻已經微微一笑：「四詩風雅頌。」詩經中的三種文體是風、雅、頌，而雅又分大雅、小雅，所以稱為「四詩」，正好避過了這個死結。

眾人正在錯愕驚嘆其才思敏捷時，東坡繼續說道：「這個是天生的對子，不足為奇。在下還有一對：四德元亨利。」遼使一聽，心中想道：「不對啊！《易經》我也讀過，『四德』明明是元、亨、利、貞，怎麼漏了一個字？哈哈，這次被我抓住了！」大喜之下站起來就要反駁。東坡看著他不疾不徐道來：「貴使請安坐。貴使覺得在下忘了一個字嗎？那字是我朝仁宗皇帝的名諱，在下不敢出口。貴我兩朝是兄弟之邦，貴使也是我朝的外臣，按禮也不可出口此字。」遼使這才想起宋仁宗名為趙禎，只得啞口無言的坐了回去，心中嘆服蘇軾之才。自此只要子瞻在座的場合，遼使都悶頭吃飯藏拙，不敢多言獻醜。

後來蘇轍出使遼國，契丹人常問：「小蘇學士啊，你家大蘇學士近來可安好？」蘇轍寫家信給蘇軾就談及此事，還賦詩一首：

誰將家譜到燕都？識底人人問大蘇。

莫把聲名動蠻貊，恐妨他日臥江湖。

第十五章

蘇東坡滿肚皮不合時宜，唯有朝雲懂

蘇軾是知識分子的代表，當然也有知識分子為當政者不喜的傳統通病，就是保持對政府的批評。

不合時宜

蘇軾認為如今盡廢新法是與民為害，因而與舊黨同僚們爭論激烈。舊黨中很多黨性很強的同志便攻擊他：「王介甫在朝要推行新法時，蘇大鬍子總說新法有各種不便，與當朝唱反調；如今司馬君實在朝要盡廢新法，蘇大鬍子又總說新法各種好處，還是與當朝唱反調。莫非他是拿了西方敵對勢力西夏的銀子，專門來散發負能量唱衰我大宋的？他簡直是我舊黨八萬黨員中的敗類！」

有一天，蘇軾退朝後在家裡吃過午飯，撫摸著微微發福的肚皮散步消食，隨口問一旁的侍女們：「你們來說說看，這肚子裡裝的都是些什麼？」一個侍女實話實說：「滿腹都是文章。」東坡不以為然。另一個侍女道：「滿腹都是機智。」東坡也搖頭不語。王朝雲微笑而言：「學士您一肚皮的不合時宜。」東坡捧腹大笑，讚道：「知我者，唯有朝雲也。」

雖蒙高太后青睞有加，但蘇軾自知性格耿介，當年因直言不能見容於掌權的新黨，如今又因直言不能見容於掌權的舊黨，索性上書請求外調以離開朝廷。元祐四年，蘇軾以龍圖閣學士知杭州，回到了他最喜歡的好湖山。當年告他黑狀的沈括正閒居在鄰近的潤州（今江蘇鎮江）夢溪園寫他的傳世名著《夢溪筆談》，對重登高位的蘇軾恭迎拜謁十分勤謹，使得東坡更加鄙薄他的為人。

看著因為長期沒有治理而淤塞過半的西湖，想起自己的偶像白居易在杭州為官時曾經整治西湖造福百姓，東坡也發動民工開始疏浚，將挖出來的淤泥築成一條長堤，以六橋陸續相接，橋下可行舟，橋上可行人，後人稱之為「蘇公堤」，簡稱「蘇堤」。堤上遍植柳樹，若於春日清晨行走其上，波光映樹影，煙柳籠畫橋，枝頭黃鶯歌聲悅耳，路上美女春衫悅目，便是著名的「西湖十景」之一「蘇堤春曉」。

東坡在湖水最深處建起三座水瓶狀的空心石塔作為標誌，用以劃分水面界線和顯示淤泥積累的程度。若逢月圓之夜，在塔中點燃蠟燭，燭光映在水波粼粼的湖面，與天上明月交相輝映，便是「西湖十景」另一項的「三潭印月」。中國人民對這一美景喜聞樂見、愛不釋手，因為它是第五套人民幣一元紙幣背面的風景圖案。前幾年其中一座塔曾被一艘遊船撞到湖底去了，肇事原因是遊船駕駛員在看手機。

米芾玩物，徽宗御賜二百五

宋四家「蘇黃米蔡」之一的米芾，字元章，比東坡小十四歲，從小臨摹東坡的書法長大，後來自然成了東坡的好友。那年他正在揚州，東坡便邀他來杭州參加自己組織的詩會，並取出私藏好茶密雲龍款待大家。當時名士滿座，王朝雲以龍井泉水煮茶奉客，青煙裊裊，香氣四溢。米芾作《滿庭芳・詠茶》一詞以謝：

雅燕飛觴，清談揮麈，使君高會群賢。
密雲雙鳳，初破縷金團。
窗外爐煙自動，開瓶試，一品香泉。
輕濤起，香生玉乳，雪濺紫甌圓。

嬌鬟，宜美盼，雙擎翠袖，穩步紅蓮。
座中客翻愁，酒醒歌闌。
點上紗籠畫燭，花驄弄，月影當軒。
頻相顧，餘歡未盡，欲去且留連。

大家興致正高時，米元章突然起立而言：「米芾有一事，要請大人主持公道！」東坡看他神情嚴肅，忙道：「何事？請講。」米芾說：「世人皆以我為顛狂。請大人評判，米芾到底顛還是不顛？」東坡大笑：「我從眾！」

原來米芾為人特立獨行，首先穿衣服就不按宋朝的時尚，反而照唐朝的風格，在人群中很是異類。他到無為州當監軍時，進了官衙內看見一塊奇石，高興得手舞足蹈：「此石足以當得我拜！」立即換上官衣官帽的正裝，手執笏板跪倒便拜，恭恭敬敬的呼之為「石丈人」。後來聽說河岸邊有一塊形狀更為怪異的石頭，米芾馬上派出衙役將它抬運回來，一見之下，倒頭又拜：「我欲見石兄二十年矣！」認了丈人又認兄長，別人都是和權貴攀親戚，他卻只和這不能說話的石頭攀親戚。

米芾為官時每天不務正業，專門玩石賞硯，讓人想起《世說新語》中的那些前輩，所以時人有詩稱他「衣冠唐制度，人物晉風流」。他在皇帝面前也是本色出演。有一次宋徽宗讓米芾在宮內屏風上用草書寫一首詩，實際上是想見識一下他的書法。

元章領旨，當下筆走龍蛇一氣呵成，徽宗看後大加讚賞：「米愛卿書法名不虛傳！」米芾一看徽宗高興，趕快將剛剛磨墨的那塊皇上平時常用的心愛硯臺裝入懷中，也不怕墨汁四濺將官袍染得一塌糊塗，嬉皮笑臉的求告：「此硯已被微臣用過，天子就不能再用了。不如請陛下賞賜給微臣吧？」雖然這個理由很爛，但徽宗見他如此愛硯，又欣賞他的書法，忍不住大笑，便將此硯賜給了他。

米芾的母親當年服侍過宣仁太后和尚未登基的神宗，與皇家頗有淵源，所以這傢伙膽大也是有底氣的。元章揣著硯臺回家，把玩得愛不釋手，接連三天抱在被窩裡陪自己睡覺，然後和其他摯愛的硯臺收藏在一處。有位也很愛硯的朋友向米芾求討一方，元章大怒回信道：「硯，就是我的頭，項羽才被砍頭呢！是誰教唆你來要我的頭？這個事情要好好追究一下！」把這位朋友嚇得不輕。

這些神奇的行為，讓米芾得到了「米顛」的雅號，蘇軾也覺得實至名歸，便沒有為他平反。據說宋徽宗還曾故意賞給米芾二百五十兩銀子，因為宋朝時一封銀子是五百兩，二百五十兩為半封，就是戲謔米芾是個「半瘋」。

章惇氣量小，專整蘇東坡

在隨後的幾年中，東坡輾轉於潁州（今安徽阜陽）、揚州、定州等地擔任知州，一直沒有回到舊黨把持的朝廷中樞。元祐八年，第二任妻子王閏之逝世，東坡寫了《祭亡妻同安郡君文》，追思她在自己前半生風風雨雨中的陪伴，感謝她對王弗留下的兒子蘇邁的悉心撫養，「三子如一，愛出於天」。

就在這一年，太皇太后高滔滔去世，哲宗親政，大宋朝高層局勢風雲突變。趙煦十分崇敬自己的父親，因此十分不滿高太后和舊黨聯手廢除神宗耗盡心血堅持的改革，對於自己被壓制多年，更是像憋足了勁兒的彈簧一樣充滿逆反，親政後立即決定繼續推行新法，還在元祐九年決定次年改元「紹聖」，意即繼承先帝遺志，啟用章惇為相，新黨捲土重來。

章惇，字子厚，大概是和蘇軾命運沉浮聯繫最為密切的人，他倆之間的恩怨縱貫一生。早在群星爆發的嘉祐二年，章惇就和蘇軾、蘇轍兄弟一起榮登進士榜。因為那年最終殿試榮獲狀元的是章惇的侄子章衡，章惇恥於列名在侄兒之下，丟下皇帝頒布的敕誥施施然回家去了，居然**放棄了人人豔羨的進士資格**。兩年之後他再次參加考試，列進士第五名，這才開始出仕，剛烈而自信的性格初現端倪。

蘇軾與章惇惺惺相惜，很快結為好友。兩人曾一起到南山仙游潭觀景，只見腳下與對面潭壁之間僅有一根橫木虛懸空中，其下就是萬丈懸崖。

章惇拱手請蘇軾到潭壁上題字，蘇軾猶豫了半晌，搖頭不敢。章惇將衣服一挽，一隻手握住飽蘸漆墨的大筆，踏上橫木平步而過，在石壁上寫下「蘇軾章惇來此」幾個大字，再穩步走回，面色淡然若無其事。蘇軾拍拍他的背：「子厚他日必能殺人啊。」章惇問：「何以見得？」蘇軾道：「你個瓜娃子連自己的性命都不愛惜，估計也不會愛惜他人的性命。」章惇哈哈大笑。

蘇軾貶官黃州時，章惇已位至副相，還去信規勸子瞻寫詩寫文章要措辭謹慎，莫談國事，蘇軾在回函中感謝：「平時惟子厚與子由極口見戒，反覆甚苦。」

當年神宗朝新黨掌權時，除了蘇軾一人被迫害，其他舊黨大臣多是被外放洛陽、南京等好地方，官位待遇都不低。到高太后當朝舊黨執政時，新黨大臣卻被普遍攻擊，甚至宰相蔡確被遠貶嶺南而病死於斯。章惇也先被貶官，然後守喪閒居，被舊黨不斷修理七、八年。也許因為在這個過程中，未能得到蘇軾的有力援手，更可能是因為蘇轍也在彈劾者之中，章惇從此對這位自己曾幫助過的老朋友視同仇敵。

但神經大條的蘇軾則可能完全沒有注意到，他本就是對事不對人的性格，也沒和舊黨其他人拉幫結派。風水輪流轉，新黨再度上臺後，過去這些年間所受的鳥氣必須一吐為快，大範圍報復清洗舊黨人士。章惇則對蘇軾給予了專門的打擊，將他遠貶到嶺南的惠州。

相濡以沫

宋朝時嶺南路途遙遠、疾疫橫行，是號為「人間地獄」的不毛之地，再加上貶官到那裡的人往往心情抑鬱，病死率極高，蔡確就是例子。章惇專門把蘇軾送去那裡，可能是想為戰友復仇。這一年蘇軾已年近花甲，眼看情勢難得再有起復之望，平時跟隨身邊的幾個侍妾都紛紛散去，只剩下王朝雲始終如一，不畏艱難的伴隨他跋山涉水到了惠州。東坡深有感觸，作了一首《朝雲詩》：

不似楊枝別樂天，恰如通德伴伶元。
阿奴絡秀不同老，天女維摩總解禪。
經卷藥爐新活計，舞衫歌板舊姻緣。
丹成逐我三山去，不作巫山雲雨仙。

白居易的歌姬樊素，以「櫻桃樊素口」聞名，她擅長唱《楊柳枝》詞，深受寵愛。樂天六十多歲時得了風疾，於是他賣掉愛馬「駱駱」，遣走樊素去嫁人。馬不能言，長嘶返顧，樊素再拜流淚道：「主君乘此馬五年，不驚不逸。樊素事主十年，無違無失。如今我雖年長，容貌未至衰殘。駱駱之力，尚可以代主一步；樊素之歌，亦可以送主一杯。一旦雙去，有去無回。故素將去，其辭也苦；駱將去，其鳴也哀。此人之情也，馬之情也，豈主君獨無情哉？」

如果樊素再等十多年到白居易逝世，色衰藝退，就不容易找到好人家。所以白居易雖然捨不得，最終還是讓她離開了，但心中難以忘懷，在詩中寫道「病共樂天相伴住，春隨樊子一時歸」。晉朝劉伶元在年老時娶了小妾名叫樊通德，兩人情義深厚，常在一起談詩論賦，時人稱為「劉樊雙修」。

東坡感激朝雲，因為她不像樊素最終離開了白樂天，而是像樊通德陪伴劉伶元終老。樊素對白居易不為無情，但同為歌姬出身的朝雲對蘇軾則更加忠誠，兩人生死相隨、心意相通，實有患難夫妻的情義。可惜朝雲的孩子夭折，沒有李絡秀（西晉安東將軍周浚之妾，生周顗、周嵩、周謨，三子後來皆顯貴）那麼好的福氣，有兒子阿奴（周謨的小名，三子中唯一得善終者）一直陪在身邊。她每天要嘛像天女維摩一樣唸經參禪，要嘛在煎藥煉丹準備修仙。中國人**在宗教信仰上的特點就是功利現實**，很多古人都在佛道雙修，隨便哪條路成功了都行。

有一年秋天，東坡在院中閒坐，眼看著落木蕭蕭頗為悲涼，想轉換一下心情，便對朝雲說：「妳把我那首『花褪殘紅』唱來聽聽吧。」朝雲知道蘇軾說的是《蝶戀花・春景》：

花褪殘紅青杏小。燕子飛時，綠水人家繞。枝上柳綿吹又少，天涯何處無芳草？

牆裡秋千牆外道。牆外行人，牆裡佳人笑。笑漸不聞聲漸悄，多情卻被無情惱。

朝雲打起節拍，曼聲唱了一句便哽咽起來，淚水簌簌而落。蘇軾大驚，問她是何原因，朝雲答道：「我唱不下去的，是這句『枝上柳綿吹又少，天涯何處無芳草』。」意即如果有一天我先你而去，也許你又會尋覓天涯芳草了吧。東坡見朝雲如此感傷，忙笑著寬慰道：「妳看，我正在悲秋，妳又來傷春啦。」朝雲的丹藥當然沒有煉成，可能反過來被重金屬影響了健康，到惠州兩年後就去世了，蘇軾自此終生不再聽這首《蝶戀花》。東坡按照朝雲的遺願，將她葬於惠州西湖畔，在墓上築六如亭，並親手寫下楹聯：

不合時宜，惟有朝雲能識我。
獨彈古調，每逢暮雨倍思卿。

樂天知命，子瞻尚爾快活

詩人大都是旅遊控，東坡初到惠州時便去遊覽城西的豐湖，美麗的景色讓他想起魂牽夢縈的杭州西湖。有一次酒醉之後，子瞻為豐湖寫下了「夢想平生消未盡，滿林煙月到西湖」的詩句，從此豐湖就改名西湖了。朝雲在杭州西湖與蘇軾相識，長眠於惠州西湖，一生與西湖有緣。東坡思念朝雲不已，為之寫下《西江月・梅花》：

玉骨那愁瘴霧？冰姿自有仙風。
海仙時遣探芳叢，倒掛綠毛么鳳。
素面翻嫌粉涴，洗妝不褪脣紅。
高情已逐曉雲空，不與梨花同夢。

惠州的梅花冰肌玉骨，不畏瘴氣的侵襲，連海仙都經常派遣使者綠毛么鳳鳥到花叢中探望她。以「曉雲」代指「朝雲」，將朝雲比作梅花，借詠梅而悼亡。明代才子楊慎評價：「古今梅詞，以東坡此首為第一。」

生命中失去太多東西的蘇軾並沒有怨天尤人，反而更加處之泰然。他在惠州三年，與所有人無論貴賤賢愚，都毫無蒂芥相處融洽。當時的嶺南與中原相比物產極度貧乏，東坡有詩云「客來茶罷無所有，盧橘楊梅尚帶酸」，但水果是（亞）熱帶的強項，該吃的時候他就放開吃，還興高采烈的寫了《惠州一絕》：

羅浮山下四時春，盧橘楊梅次第新。
日啖荔枝三百顆，不辭長作嶺南人。

據說荔枝性熱，多食有害身體，但東坡毫不在意，大概覺得總歸不會比河豚更危險。該睡的時候，東坡則舒心大睡，良好的人際關係也讓他能享受這個待遇，比如他的《縱筆》裡寫道：

白頭蕭散滿霜風，小閣藤床寄病容。
為報先生春睡足，道人輕打五更鐘。

此詩傳至京師，章惇看老朋友在嶺南這種蠻荒之地居然仍能好吃好睡，心中極為不爽：「蘇子瞻尚爾快活！」心想還能將他再貶到什麼更困苦的地方呢？乾脆一路向南，把年過花甲的子瞻用一葉孤舟載過瓊州海峽，送到了更為不毛的海南島儋（按：音同丹）州，因為「瞻」與「儋」字相近。順便把弟弟蘇子由貶到廣東雷州，因為「雷」下有「田」字，與「由」字相近。

在宋朝，放逐海南基本有去無回，是僅比殺頭輕一等的處罰。儋州這地方以前根本沒有人煙，找不到醫生、藥石（按：方藥、砭石等能治病的藥物）。剛開始蘇軾還借宿官屋，但章惇很快命令當地官府不准將官屋借給蘇氏兄弟，也不允許他們租住民居，這簡直是要逼他們露宿街頭。

宋朝有祖制「不殺士大夫」，所以章惇已經將迫害的權力用到了極致。東坡在寫給友人的信中對新環境作了如此總結：「此間食無肉，病無藥，居無室，出無友，冬無炭，夏無寒泉，然亦未易悉數，大率皆無爾。惟有一幸，無甚瘴也。」意思是除了以上六樣重要的事物統統沒有之外，我也懶得數下去了，反正任何該有的基本都沒有，唯一的幸運是，也沒有厲害的瘴氣來奪我的性命。

隨遇而安

來到儋州的第一年中秋，處境險惡的蘇軾作了一闋《西江月・中秋和子由》：

世事一場大夢，人生幾度秋涼？
夜來風葉已鳴廊，看取眉頭鬢上。

酒賤常愁客少，月明多被雲妨。
中秋誰與共孤光？把盞淒然北望。

在此團圓佳節，自然更加思念海峽北面一水之隔的弟弟蘇轍。「月明」指代年輕的哲宗皇帝，「雲妨」自然暗指遮蔽聖聽的宰相章惇，這是古詩詞裡的常用比喻。「世事一場大夢，人生幾度秋涼」是飽含人生哲理的名句，作家溫瑞安先生相當喜歡，其代表作《四大名捕》裡的高手「大夢方覺曉」只要一唸這十二個字，就會開始動手殺壞人，少年時讀起來覺得充滿了正義戰勝邪惡的熱血澎湃，如今讀起來，則覺得充滿了生命敗給時間的無可奈何。

這個世界上沒有什麼困難能將蘇軾徹底擊垮，你讓我租不到住所，我就自己開發房地產。他向當地人買了一小塊地，和小兒子蘇過一起動手蓋起房子來。熱情淳樸的當地人紛紛送來泥和瓦，很快就幫他們築起幾間小屋。蘇軾便在這裡一邊寫書，一邊由當地父老們陪著到處遊覽海南島美麗的熱帶風光，**又打算隨遇而安的終老於此了**。新年到來的時候，他寫下一首《減字木蘭花・己卯儋耳春詞》：

春牛春杖，無限春風來海上。
便丐春工，染得桃紅似肉紅。
春幡春勝，一陣春風吹酒醒。
不似天涯，卷起楊花似雪花。

蘇軾想到北方的新年正該是銀裝素裹，在海南島看不到雪景，但春風吹起的楊花漫天紛飛，好似雪花飄飄的中原。大凡被貶到邊窮之地的人，面對著異鄉荒涼的景色，總是興起飄零流離之悲嘆。但東坡此詞卻一連用了七個「春」字，生機盎然。

安心紮根祖國邊疆的蘇軾在儋州開辦學堂，普及文化，認真做起了支教（按：指支援落後地區學校教育和教學管理工作，又稱義教）老師，許多人不顧路途遙遠趕來求學。有一位名叫姜唐佐的年輕人非常努力學習，蘇老師認為他很有前途，就為他在扇子上題詩兩句：「滄海何曾斷地脈，白袍端合破天荒。」小姜請求賜一首全詩，蘇老師笑道：「等到你中了舉人，我會為你補全的。」

要知道自從科舉制度實行以來，偏僻的海南島還沒有人中過舉。但蘇軾北歸後不久，**姜唐佐果然成為海南歷史上第一位舉人**，並被貢舉到京師。當時東坡已經逝世，小姜去拜謁蘇轍，講了這段往事。深為感動的蘇轍代替哥哥為姜唐佐將詩補全：

生長茅間有異芳，風流稷下古諸姜。
適從瓊管魚龍窟，秀出羊城翰墨場。
滄海何曾斷地脈，白袍端合破天荒。
錦衣他日千人看，始信東坡眼目長。

第十六章

蘇軾詩詞字文能傳世，多虧冒牌私生子

元符三年，宋哲宗年紀輕輕、還沒來得及生出兒子，突然病逝。在決定繼位者的爭論之中，宰相章惇堅決反對選擇哲宗的弟弟趙佶：「端王輕佻，不可以君天下。」但是哲宗之母向太后賞識趙佶既孝順又多才多藝，堅持立他為帝，這位就是事後證明「諸事皆能，獨不能為君」而直接導致北宋滅亡的徽宗。

心安處便是吾鄉，豁達要像點酥娘

徽宗登基後不久，便毫無懸念的將與自己作對的章惇罷相，後來又貶到嶺南雷州，正是之前蘇轍被送去的地方。既然章惇倒臺，向太后又和曹太后、高太后一樣是「蘇軾太后粉絲團」成員，東坡自然被赦免「前罪」，此時他已經六十三歲。聽到這個好消息，儋州的父老鄉親們紛紛跑來恭喜蘇軾終於可以北歸中原了。蘇軾本人卻無甚激動之情，隨口吟出自己十幾年前寫的一句「試問嶺南應不好。卻道，**此心安處是吾鄉**」。

當年「烏臺詩案」時，蘇軾的好友王鞏（字定國）受到牽連，被貶到賓州（今廣西賓陽）去監督鹽酒稅，是在該案中被貶得最遠的。蘇軾對此非常內疚，給王鞏寫過很多書信，一再表示對連累他無辜受苦的歉意和難過，並建議他按摩腳心以抵抗南方的瘴氣。蘇軾還在《王定國詩集敘》中說：「今定國以余故得罪，貶海上五年，一子死貶所，一子死於家，定國亦幾病死。余意其怨我甚，不敢以書相聞。」

王鞏家中有好幾位歌女，只有其中一位複姓宇文，名柔奴，號為「點酥娘」的歌女願意陪伴共赴賓州。

王鞏在那幾年吟詩作畫，柔奴歌聲慰藉，兩人相濡以沫。後來王鞏遇赦北歸，得以與蘇軾重聚。蘇軾發現王鞏遭此一貶，不但沒有那種常見的倉皇落拓，反而性情更加豁達，容光更加煥發，覺得很不科學，心中頗為疑惑。王鞏喚出柔奴為蘇軾獻歌一曲，歌聲溫柔甜美、恬淡安穩。蘇軾試探的問柔奴：「嶺南應是不好？」柔奴隨口答道：「此心安處，便是吾鄉。」

蘇軾沒想到如此一個柔弱女子竟能脫口說出如此豁達之語，而且出處是自己偶像白樂天《種桃杏》詩中的一句「無論海角與天涯，大抵心安即是家」，不禁大為嘆賞，立刻填了一闋《定風波》：

常羨人間琢玉郎，天應乞與點酥娘。
自作清歌傳皓齒，風起，雪飛炎海變清涼。
萬里歸來年愈少，微笑，笑時猶帶嶺梅香。
試問嶺南應不好。卻道，此心安處是吾鄉。

十幾年前，蘇軾就在詞中讚嘆「琢玉郎」王鞏和「點酥娘」柔奴，雖然受到不公的待遇，卻能處之泰然、不帶一絲煙火氣。如今，他自己終於也達到這一層境界，可以「萬里歸來年愈少，微笑，笑時猶帶嶺梅香」了。離開儋州之前，蘇軾飽含深情的寫了《別海南黎民表》，贈給前來送別的父老們：

我本海南民，寄生西蜀州。
忽然跨海去，譬如事遠遊。
平生生死夢，三者無劣優。
知君不再見，欲去且少留。

唯情最難

東坡帶著蘇過橫渡瓊州海峽返回大陸，先路經惠州去了結一樁心事。原來當年惠州溫都監（相當於保安司令）有個寶貝女兒溫超超，容貌秀美，年方及笄（也就是滿十五歲，達到法定婚齡了）卻還不肯嫁人。她聽說大才子蘇東坡被貶到惠州，大喜道：「這正是我想要的夫君啊！」經常在傍晚跑到蘇軾的窗外徘徊，陶醉的聽他吟詠詩詞。東坡聽到動靜，一推窗戶查看，她就害羞的跑開。

東坡了解原委後，像溫庭筠知道年輕的魚玄機愛上自己時所做的一樣（詳見《精英必備素養：全唐詩（中唐到晚唐選）》），很誠懇的對溫小姐說：「在下認識一位元王郎，俊秀文雅，且與姑娘年貌相配。待在下介紹與姑娘結成良緣。」不料沒過幾天東坡就被貶到海南島，不得不離開惠州，但心裡一直記掛著這個承諾。現在能夠回到惠州，東坡立刻去看望溫小姐，才知道自己離開不久之後，她即鬱鬱而終。東坡獨自一人來到沙洲上她的墓旁，默然良久，寫下一闋《卜算子》：

缺月掛疏桐，漏斷人初靜。
誰見幽人獨往來，縹緲孤鴻影。

驚起卻回頭，有恨無人省。
揀盡寒枝不肯棲，寂寞沙洲冷。

張先八十五歲還納妾，蘇軾在惠州時不過六十歲，所以有人很憤慨他為什麼不娶溫超超，卻轉去物色什麼王郎，最終使她抑鬱而亡。但**世間萬物，唯「情」之一字最難，不可輕易以之責人**。黃庭堅評論此詞道：「語意高妙，似非吃煙火食人語，非胸中有萬卷書，筆下無一點塵俗氣，孰能至此！」

臺灣知名男歌手周傳雄的〈寂寞沙洲冷〉歌中唱道：「仍然揀盡寒枝，不肯安歇，微帶著後悔，寂寞沙洲我該思念誰」也算不錯，如果拿來和原句的「揀盡寒枝不肯棲，寂寞沙洲冷」比較一下，就能體會出黃庭堅的意思了。有些版本中此詞前有小序「黃州定慧院寓居作（按：說明蘇軾被貶至黃州時，在定慧院作此詞。雖然生活困難，但蘇軾樂觀豁達，能努力渡過難關。詞中更展現他孤高自許、蔑視流俗的心境）」，但筆者更喜歡這個惠州溫小姐的淒美故事。

順帶聊幾句有關古代女子年齡稱呼的小知識：十二歲稱「金釵之年」，十三歲稱「豆蔻年華」，十五歲稱「及笄之年」，十六歲稱「破瓜年華」、「碧玉年華」，二十歲稱「桃李年華」，二十四歲稱「花信年華」。

一生仕途失意，才領悟人生真諦

蘇軾繼續一路北行，翻越大庾嶺時在一個小村店歇歇腳。有一位老翁出來問從人：「這個當官的是誰？」從人回答：「是蘇尚書（按：蘇軾曾任禮部尚書，故稱）。」老翁驚喜道：「真是蘇子瞻嗎？我聽說有人千方百計要害蘇公，沒想到今日能見到您北歸，這真是天佑善人啊！」東坡微笑而謝，於店內牆壁題了一首《贈嶺上老人》：

鶴骨霜髯心已灰，青松合抱手親栽。
問翁大庾嶺頭住，曾見南遷幾個回？

這一路的目的地是常州，那裡有蘇軾曾經置下的房產，也有美味的蔞蒿、蘆芽和河豚，是他過得最舒心的地方，也是他選擇的終老之地。

當他經過鎮江時，邀請米芾同遊金山寺。長老請東坡為寺廟題一個匾額，東坡微笑道：「有米元章在此，何須老朽獻醜？」元章難得的謙虛了一下：「不敢當！我曾經向端明（按：蘇東坡是端明殿大學士）學字呢。」東坡拍拍他的背：「如今已青出於藍啦。」米芾點頭：「先生真是了解我啊！」從此對自己的書法更為自負了。

東坡扭頭看見著名畫家李公麟（北宋文人畫家代表之一）多年前留在那裡的一幅蘇軾像，回顧自己跌宕坎坷垂垂老矣的一生，便提筆在畫像上自題了四句：

心似已灰之木，身如不繫之舟。
問汝平生功業，黃州惠州儋州。

再過兩個月蘇軾就將走到生命的盡頭，此時已接近油盡燈枯，對於政治方面也早已不再有什麼雄心壯志，所以「心似已灰之木」。他晚年羈旅漂泊，全不由自主，故曰「身如不繫之舟」。

後兩句非常有意思，你可以理解為蘇東坡的自嘲，似乎嘆息自己命途多舛，本來該建立功業的光陰，都浪費在三個貶官的地方。李白人生不得意，可以怪他自己好酒、好出大言，性格有明顯缺陷；杜甫人生不得意，可以怪奸臣當道、國事糜爛；但蘇軾以此天縱英才，所遇皇帝不昏、大臣不奸、國事不壞，自己又情商不低，卻遭遇如此坎坷的一生，實在令人扼腕。

但也可以理解為東坡的曠達，他最終認識到自己領悟人生真諦，正是在這些仕途失意之地。似乎只有這種巧妙的筆法，才能傳達出東坡此刻微妙的心情，餘味無窮。

任何的形容都不足以道出東坡的全部

宋徽宗建中靖國元年的夏天，蘇軾接到人生的最後一封信，來自章惇的長子章援。章援是元祐三年東坡當主考官時選取的進士，按慣例算是東坡的門生。章援很清楚父親的所作所為，因為誰都看得出來，章惇在貶東坡去海南島時，就是想置其於死地，哪知東坡居然熬到章惇都下臺了還活得好好的。

現在章援聽到江湖傳言說朝廷很快會重用蘇軾，非常擔心蘇軾得勢後會以牙還牙報復父親，所以寫了一封長信敘師生之誼，委婉的為父親求情。東坡覽信大喜，轉頭對身邊的蘇過說：「致平（章援的字）這封信有司馬遷的文風啊！」

蘇軾讓侍兒準備紙墨，作書以答：「伏讀來教，感嘆不已。某與丞相定交四十餘年，雖中間出處稍異，交情固無增損也。聞其高年，寄跡海隅，此懷可知。但以往者，更說何益，惟論其未然者而已。主上至仁至信，草木豚魚可知。建中靖國之意，又恃以安。海康風土不甚惡，寒熱皆適中，舶到時，四方物多有。若昆仲先於閩客、川廣舟中準備，家常要用藥百千去，自治之餘，亦可及鄰里鄉黨……書至此，困憊放筆，太息而已。某頓首再拜致平學士閣下。六月十四日。」信中還諄諄告誡在嶺南不可亂服丹藥，並承諾晚些時候將自己的熱帶養生心得《續養生論》寄過去。

東坡曾經對弟弟子由說：「吾**上可以陪玉皇大帝，下可以陪卑田院乞兒**，眼前見天下無一個不是好人。」此言出自肺腑，經得起檢驗。他臨終之前的這封親筆回書，對於讓自己在嶺南蠻荒之地待了整整六年，差點死掉、而且間接導致朝雲埋骨異鄉的章惇，依然充滿了拳拳友愛，所體現出來的寬恕之心和偉大人格，超越筆者所知道的其他任何一位詩詞家。

這封信送出之後的一個月，蘇軾溘然長逝於他所熱愛的江南水鄉常州，一代巨星的顛沛人生終於謝幕。「蘇門六君子」之一的李廌（按：音同智）為東坡寫祭文有云：「道大難容，才高為累。皇天厚土，鑑平生忠義之心；名山大川，還千古英靈之氣。」

對於自己一生的文學成就，蘇軾只是對於寫文章有些自得：「某平生無快意事，惟作文章。意之所到，則筆力曲折，無不盡意。自謂世間樂事無踰此矣」、**「作文如行雲流水，**

初無定質，但常行於所當行，止於所不可不止」。《宋史・蘇軾傳》也點評道：「其體渾涵光芒，雄視百代，有文章以來，蓋亦鮮矣。」

中國作家**林語堂先生則對其給予全面的評價**：「蘇東坡是一個無可救藥的樂天派、一個偉大的人道主義者、一個百姓的朋友、一個大文豪、大書法家、創新的畫家、造酒試驗家、一個工程師、一個皇帝的祕書、酒仙、厚道的法官、一位在政治上專唱反調的人……但是這還不足以道出蘇東坡的全部……蘇東坡比中國其他的詩人更具有多面性天才的豐富感、變化感和幽默感，智慧優異，**心靈卻像天真的小孩**——這種混合等於耶穌所謂**蛇的智慧，加上鴿子的溫文**。」

他天縱奇才、憂國愛民，皇帝太后都欣賞、信任他，平民百姓都崇拜、親近他。他的身上具備了中國古代知識分子各種最美好的品格，而幾乎沒有大的缺陷。即使小小的傲氣，看起來都是那麼可愛。當筆者寫下這一段讚美而非溢美之詞時，不能不為中國歷史上曾擁有如此偉大的人，而感到發自內心的自豪。

連奸臣都不忍加害

蘇軾是如此的人見人愛、花見花開，就連許多人見人恨的奸臣對他都很敬仰。東坡有個小祕書名叫高俅，既會吟詩作賦寫得一手好字，又會舞槍弄棒，可謂文武雙全，而且為人乖巧、情商高。我們想想也能知道，東坡身邊的人水準不可能差嘛。

蘇軾在外放定州離開京師之前，先是想把高祕書推薦給朋友曾布，他是曾鞏的弟弟，這兄弟倆都是蘇軾的同年進士（仁宗嘉祐二年龍虎榜）。曾布看了看高俅，覺得他顏值比較低，就婉謝了東坡的好意。這個不要緊，反正蘇軾人緣好朋友多，又把高俅推薦給了朋友駙馬都尉王詵（按：音同身）。

王詵是書畫高手，娶了太后高滔滔的女兒、宋神宗一母同胞的親妹妹蜀國大長公主，所以是端王趙佶的姑夫。王駙馬為人輕浮，和端王臭味相投。據八卦記者報導，這兩人經常相攜出入青樓楚館，在一起做壞事的經歷中，結下了深厚的友誼。

王詵家藏有名畫《蜀葵圖》，但可惜只有半幅，他在和書畫名家趙佶聊天時，幾次提到這個遺憾。過了幾個月，趙佶向王詵討要此畫，駙馬爺心想：「大概是端王聽我說這幅畫很好，打算收藏吧！」就派人送到王府，哪知幾天後，趙佶居然遣人將裝裱完整的一整幅畫，送還給了王詵。原來趙佶見王詵對此畫念茲在茲，便差人四處尋訪求購，終於找到了另外半幅，特意給他一個驚喜。

對於趙佶的成人之美，王詵自然感激在心。幾天後兩人一起上早朝，王詵因為昨夜荒宴起床晚了來不及梳頭，就利用等待覲見的時間用篦子打理。趙佶也面臨同樣的問題，向王詵借來篦子一用，發現它做工極為精巧，愛不釋手連連誇讚。王詵笑道：「此物我近日做了兩隻，還有一隻尚未用過，晚些時候差人送到府上。」

下朝後王詵即派高俅送篦子去端王府。趙佶正巧在院子裡踢足球，高俅便侍立一旁等待觀看，在人家踢到緊要關頭時，忍不住（或者是有意的）用最大音量喝了一聲「好」，把趙佶嚇了一大跳。

趙佶回頭一看，喲，這應該也是行家啊，隨口問道：「你也會踢嗎？」高俅趕緊回答說：「小人頗善於此。」趙佶微微點頭：「那便下場來踢踢看。」高俅等的正是這句話，一邊恭聲道「小人不敢」，一邊已經迅速脫掉外套一身短打走到場中，使出渾身本領，將那球踢得如同黏在身上一般，簡直就是金靴獎的水準。趙佶大喜，當即派人傳話給王詵：「多謝你送的蓖子和送篦子來的人，我一起收下啦。」於是高俅變成趙佶的親信玩伴。

一個多月後哲宗駕崩，端王被向太后選中繼位，突然變成了九五至尊。一人得道，雞犬升天，鴻運當頭的高俅也一躍進入官場，並且憑藉和皇帝的關係青雲直上，成為管理禁軍的權臣。歷史明確的告訴我們，中國的男子足球水準並不是一直像如今這麼差勁的。在《水滸傳》中，高俅害得王進背井離鄉、害得林沖家破人亡，小人得志面目可憎，但他對最早的主人蘇軾一家卻頗為照顧，每逢蘇家子弟進京，他都非常殷勤的給予贈恤，可謂不忘舊恩。

小說裡陷害梁山好漢的高俅令人恨得咬牙切齒，但在正史中，他固然是奸臣，卻沒有到那麼登峰造極的地步。

當時真正的大奸臣是公認的「六賊」：蔡京、朱勔（按：音同勉）、王黼（按：音同斧）、李彥、童貫、梁師成。其中梁師成雖然只是個宦官，卻最被宋徽宗寵信，官至檢校太傳，貪污受賄、賣官鬻（按：音同玉，即賣）職無惡不作，甚至敢找人仿照皇帝筆跡偽造聖旨。王黼把他當乾爹供著，連蔡京父子也得諂附他，時人稱其為「隱相」。

梁師成為了面子去攀一株參天大樹，自我標榜是蘇軾的私生兒子，說蘇軾遠謫嶺南之時，將家中侍女送與梁氏友人，不足月而生了梁師成。他還對家中帳房說：「如果我的兄弟小蘇學士（蘇過）要用錢，一萬貫以下的都不必稟告我，照付就是。」但蘇過並沒有去用他的錢。

當時新黨蔡京掌權，**蘇軾名列黑名單「元祐黨人碑」，詩歌文章禁止流傳，在民間的都被勒令銷毀**。梁師成收集、保存很多東坡的手稿，跑去向徽宗訴冤：「臣的先輩有何罪呢？」徽宗看在梁師成的面子上，同意將蘇軾的文章解禁，它們才慢慢流傳開來。所以我們今天能看到這麼多蘇軾的作品，不能不感謝梁師成。

第十七章

秦觀婉約、黃庭堅掛蛇，東坡老師薄薄酒

蘇軾最好的朋友，應該是他傳說中的妹夫秦觀。雖然蘇小妹在正史中查無此人，但不妨礙她在各種民間傳說，和蘇東坡、秦少游一起為大家貢獻許多喜聞樂見的益智小段子，並且在其中展現出比哥哥和夫婿更高的文才，充分體現出段子手（按：寫段子的人）對鬚眉（按：成年男子）濁物（按：世俗凡庸的人）的鄙視和對知識女性的推崇。

好妹婿，詞中藏了歌伎名

秦觀是江蘇高郵人，比蘇軾小十二歲。兩人還未相識的時候，秦觀知道大名鼎鼎的蘇學士將至揚州，就先去當地最著名山寺的牆壁上，模仿蘇軾字體題了一首《江城子》：

西城楊柳弄春柔，動離憂，淚難收。
猶記多情，曾為繫歸舟。
碧野朱橋當日事，人不見，水空流。
韶華不為少年留，恨悠悠，幾時休？
飛絮落花時候，一登樓，
便作春江都是淚，流不盡，許多愁。

蘇軾果然到此一遊，看見該詞瞬間就凌亂了，心想我肯定沒來過這地方，更沒寫過這首詞，可是這筆跡明明又是我自己的，這「韶華不為少年留」寫得也還真不錯，真是白日見鬼啊……然後進了高郵城去拜訪好友孫覺。孫覺拿出上百篇得意門生秦觀寫的詩詞炫耀，蘇軾一看這詩風和筆力就恍然大悟，昨天寺廟牆壁上題詞的八成是此人了。

元祐年間蘇軾在京師做禮部尚書的時候，秦觀擔任國史院編修，與黃庭堅、晁補之、張耒（按：音同壘）一同在東坡門下遊學，又同時供職於史館，人稱「蘇門四學士」。其中秦觀與東坡關係最為親密。有一次，秦觀將自己新作的《浣溪沙》送給老師點評：

漠漠輕寒上小樓，曉陰無賴似窮秋。
淡煙流水畫屏幽。
自在飛花輕似夢，無邊絲雨細如愁。
寶簾閒掛小銀鉤。

東坡讀罷，不禁擊節讚嘆：「『自在飛花輕似夢，無邊絲雨細如愁』，好句，好句，真有屈原、宋玉之才！」又急切問道：「還有何詞？」少游趕快呈上一篇《水龍吟》：

小樓連苑橫空，下窺繡轂雕鞍驟。
朱簾半卷，單衣初試，清明時候。
破暖輕風，弄晴微雨，欲無還有。
賣花聲過盡，斜陽院落；紅成陣，飛鴛甃。

玉佩丁東別後，悵佳期、參差難又。
名韁利鎖，天還知道，和天也瘦。
花下重門，柳邊深巷，不堪回首。
念多情，但有當時皓，向人依舊。

一般人看第一句，都知道出處是唐朝張籍的《節婦吟》「妾家高樓連苑起」。但東坡和秦觀很熟，知道他有一個相好的歌伎姓婁，名琬，字東玉。看出來「小樓連苑橫空」和「玉佩丁東別後」將女子的名、字全部藏入其中，便故意微笑調侃他道：「這首不佳。頭十三個字，只說得『一個人騎馬樓前過』而已。」婁琬是落入風塵的薄命女子，但借著少游此詞也名留青史了。明代文壇領袖王世貞認為「天還知道，和天也瘦」和李清照的「莫道不銷魂，簾卷西風，人比黃花瘦」同樣精妙。

不過不是每個人都和王世貞一樣喜歡秦觀用「天」來擬人。有一次程頤見到少游，便問：「『天若有情，天也為人煩惱』是先生所作之句嗎？」少游心想：「哎喲，平時不苟言笑的程大儒都欣賞俺的詞啊，真是榮幸。」趕快拱手遜謝：「正是拙作，請伊川先生指教。」程頤板著臉道：「上穹尊嚴，你怎麼用這麼輕佻的詞句去形容呢？」少游無語，掩面飄下。

程頤死讀書，古板逼死人

其實程頤很可能是因為記恨蘇軾而遷怒於秦觀。司馬光過世那天，朝臣們剛剛完成太廟裡的慶典，聽到噩耗就趕去司馬家弔喪，沒想到在大門口被負責葬禮的程頤攔住了：「各位沒有讀過《論語》嗎？『子於是日哭，則不歌』，諸公今天早上剛歡慶過，如果在同一天裡又哭，就違背孔夫子的教導了！」

東坡十分不滿程頤這種不近人情的觀點，立刻反駁道：「《論語》所說的可不是『子於是日歌，則不哭』。遇到喪事哭過了當天又唱歌確實不合情理，當唱過歌後遇到喪事怎麼就不能哭了呢？」還是帶領眾人進了門，對司馬光的遺體施禮。

當時的風俗和現在一樣，按道理司馬光的兒子司馬康應該在靈柩旁，向前來弔唁的客人還禮，但卻人影不見。大家都很奇怪，紛紛問怎麼回事。原來是程頤認為這種風俗不合古禮，他說如果兒子真的很孝順，應當是傷心欲絕的無法見客人才對，於是禁止司馬康出來接待客人，讓他一個人在房間裡獨自悲痛。

東坡聽了程頤的理由，嘆口氣道：「伊川先生可謂是糟糠鄙俚叔孫通了。」叔孫通是漢朝初年為漢高祖劉邦制定國家禮儀的儒生，但人品口碑不咋地（按：北方方言，意思是不怎麼樣），再加上「糟糠鄙俚」四個字，就是諷刺程頤見識鄙陋層次太低，可謂一針見血。朝臣們聽了哄堂大笑，程頤面紅耳赤，從此與蘇軾不和。

俗話說「打人不打臉」，東坡如此當眾嘲諷程頤，心無城府、口無遮攔的缺點體現無遺，缺乏優秀政治家的素質。而所謂大儒程頤為人之食古不化、呆板無趣，從這件事中也由此可見一斑。

兩情欲長久，解決空間問題

程頤的打擊顯然並未對秦觀造成實質性的負面影響，因為少游雖然不再說「天也煩惱」，卻通過他的千古名篇《鵲橋仙》，讓天上的雲彩和星星充滿了感情：

纖雲弄巧，飛星傳恨，銀漢迢迢暗度。
金風玉露一相逢，便勝卻人間無數。

柔情似水，佳期如夢，忍顧鵲橋歸路。
兩情若是久長時，又豈在朝朝暮暮？

正是**這首詞，幫助秦觀奠定了「婉約正宗」的地位**。也正是最後一句「兩情若是久長時，又豈在朝朝暮暮」的反問，鼓勵了多少青年男女勇敢的開始異地戀，但其中的絕大多數又在現實面前敗下陣來，可謂功不掩過。兩情若欲久長時，最好想辦法能朝朝暮暮。**愛情最大的敵人不是時間，而是空間**。時間的拉伸只是稀釋了多巴胺（按：為一種腦內分泌物，可影響人的情緒。愛情和腦內產生大量多巴胺起的作用有關）、將水果泡成蜜餞、將愛情釀成親情；空間的距離則是引入忽略、猜疑、誤解，最終殺死愛情。除非兩人都非常成熟，彼此有著充分的了解和信任，才有可能成為少數戰勝空間阻隔的倖存者。

宋哲宗親政後，秦觀被章惇作為與蘇軾一黨之人而貶到湖南郴（按：音同瞋）州。初到異鄉的少游作了一闋《踏莎行・郴州旅舍》：

霧失樓臺，月迷津渡，桃源望斷無尋處。
可堪孤館閉春寒，杜鵑聲裡斜陽暮。
驛寄梅花，魚傳尺素，砌成此恨無重數。

郴江幸自繞郴山，為誰流下瀟湘去？

「霧失樓臺，月迷津渡」是很受後人稱賞的名句，以月下霧中樓臺、渡口的模糊，反映出作者淒迷的情緒，可作為以景寫情的範例，也可作為「互文（按：把屬於一句的句子或短語，分寫到兩句子短語中，解釋時要把上、下句的意思互相補足）」這種修辭手法的範例。讀書人一旦開始尋覓桃花源，那就表示對現實很失望了。但因為霧大，連桃花源都找不到，人生真是灰暗。再來個杜鵑聲聲啼血、夕陽西下、暮氣沉沉，把低落的心境表達得淋漓盡致。「驛寄梅花」的典故出自北魏陸凱的《贈范曄詩》：

折梅逢驛使，寄與隴頭人。
江南無所有，聊寄一枝春。

「魚傳尺素」的典故則出自漢代樂府民歌《飲馬長城窟行》：

……

客從遠方來，遺我雙鯉魚。
呼兒烹鯉魚，中有尺素書。

長跪讀素書，書中竟何如？
上言加餐食，下言長相憶。

古時的信箋質地脆弱，在舟車運輸之時容易損壞，人們便將其放入一個匣子中來保護，這個匣子叫做「函」，所以稱為「信函」。可能受到「魚傳尺素」這個故事的影響，匣子經常被做成鯉魚的形狀，美觀而又方便拿捏攜帶。秦觀用這兩個典故表示接到來自朋友的問候，然而使得他的離愁別恨更深了。郴江啊，你就繞著郴山流淌不是很好嗎，為何偏偏要流下瀟湘去呢？

關於《踏莎行・郴州旅舍》的最後一句究竟想表達什麼，不同的人有不同的看法。有人說是郴江繞著郴山膩味了，耐不住寂寞要下瀟湘；有人說是表達對命運的無可奈何，就像對江水奔流的無可奈何。在這些看法中筆者個人沒有偏好，反而覺得正是這種眾說紛紜，使其成為頗有興味的名句。

秦觀病逝於廣西藤州後，與他一生亦師亦友的東坡，將自己最愛的這句「郴江幸自繞郴山，為誰流下瀟湘去」寫在摺扇上，在後面題跋道：「少游已矣，雖萬人何贖！」米芾見了摺扇很有感慨，便將這首《踏莎行》和東坡的跋語（按：寫在書本正文後面的補充說明或評介的話）寫成了一幅帖子。此帖後來傳至郴州，當地人便將**少游的詞**、**東坡的跋**、**元章的字**刻在石碑上，作為對秦觀的紀念。

秦觀逝世二十五年後，江南名門士子陸宰的妻子唐氏在進京的船上，產下一個大胖小子。據說唐氏生產前一夜夢見大才子秦觀並告訴了丈夫，陸宰又驚又喜，心想：「秦少游來送夢，莫非這個孩子將有他那樣的才華嗎？」於是就給孩子取名為「游」，字「務觀」。這孩子長大後果然才華冠絕當世，在文學史上取得的地位更遠遠超過了秦觀。

但清代詩人查慎行（金庸先生的先祖）認為陸游名字的出處，並沒有這麼豐富的劇情，只是陸宰為兒子起名時想到了《列子・仲尼篇》中的「務外遊，不知務內觀」一語，意思是不要只顧著遊賞外物卻不知道觀察自己。而這可能碰巧也正是秦觀名字的出處。無論陸游的名字來源是《列子》還是秦觀，他對這位詞家前輩都是很推崇的，成年後親眼觀摩秦觀畫像時，作了一首《題陳伯予主簿所藏秦少游像》以表達仰慕之情：

> 晚生常恨不從公，忽拜英姿繪畫中。
> 妄欲步趨端有意，我名公字正相同。

薄薄酒師徒交流，一醉忘樂憂

「蘇門四學士」中的黃庭堅，字魯直，比蘇軾小八歲，是宋朝的又一位神童，而且證據充分。他幼年時聰穎過人，書讀幾遍就能背誦如流。舅舅李常來家裡做客，取架上的書考問，小黃沒有答不出的。七歲的時候，小黃作了《牧童詩》一首：

騎牛遠遠過前村，短笛橫吹隔隴聞。
多少長安名利客，機關用盡不如君。

如果拿唐初神童駱賓王七歲時所作的《詠鵝》來與之相比，黃庭堅此詩的眼界情懷遠遠高出；如果拿宋初神童寇準七歲時所作的《詠華山》來與之相比，寇準心比天高，黃庭堅看破紅塵，可謂相映成趣。寇準是早熟，黃庭堅則是早熟得有點嚇人。

第二年，同鄉有人進京趕考，八歲的小黃作詩相送：

萬里雲程著祖鞭，送君歸去玉階前。
若問舊時黃庭堅，謫在人間今八年。

第一句用了劉琨擔心祖逖「先吾著鞭」的典故，暗指自己和對方在一個等級上，今年先送您去趕考，祝您能參加殿試面見皇帝鵬程萬里，而小弟我過幾年就會趕來的。後面兩句自比天上的星宿下凡，就像李白一樣是「謫仙人」。初出茅廬之人往往自信心爆棚，這一點從古至今都一樣。

年輕的黃庭堅曾在開封繁華的相國寺市場裡，淘得宋祁手寫的《新唐書》草稿一冊，帶回家後反覆研讀。**他仔細觀察草稿中那些字句有修改的地方，體會其與修改前的不同之處，領會出了宋祁的用意何在。**如此揣摩草稿，就彷彿大作家在親身向你傳授寫作心得，自此小黃寫文章的水準突飛猛進。後來他娶了孫覺之女為妻，而孫覺是秦觀的老師、蘇軾的好友，黃魯直由此進入了東坡的門下，和老師在詩詞、文章、書法上相互交流。蘇軾曾戲作《薄薄酒》兩章：

薄薄酒，勝茶湯；粗粗布，勝無裳；醜妻惡妾勝空房。
五更待漏靴滿霜，不如三伏日高睡足北窗涼。
珠襦玉柙萬人相送歸北邙，不如懸鶉百結獨坐負朝陽。
生前富貴，死後文章，百年瞬息萬世忙。
夷齊盜蹠俱亡羊，不如眼前一醉是非憂樂都兩忘。

薄薄酒，飲兩鐘；粗粗布，著兩重；
美惡雖異醉暖同，醜妻惡妾壽乃公。
隱居求志義之從，本不計較東華塵土北窗風。
百年雖長要有終，富死未必輸生窮。

但恐珠玉留君容，千載不朽遭樊崇。
文章自足欺盲聾，誰使一朝富貴面發紅。
達人自達酒何功，世間是非憂樂本來空。

北邙山是洛陽北郊的高級公墓所在地，「珠襦玉柙萬人相送歸北邙」，意思就是穿上金縷玉衣，被萬人遠送去入住八寶山革命公墓。黃庭堅讀了此詩很喜歡，也作了《薄薄酒》兩章向老師致敬，志趣與東坡一般無二，而文采也不相上下：

薄酒可與忘憂，醜婦可與白頭。
徐行不必駟馬，稱身不必狐裘。
無禍不必受福，甘餐不必食肉。
富貴於我如浮雲，小者譴訶大戮辱。
一身畏首復畏尾，門多賓客飽僮僕。
美物必甚惡，厚味生五兵。
匹夫懷璧死，百鬼瞰高明。
醜婦千秋萬歲同室，萬金良藥不如無疾。
薄酒一談一笑勝茶，萬里封侯不如還家。

薄酒終勝飲茶，醜婦不是無家。
醇醪養牛等刀鋸，深山大澤生龍蛇。
秦時東陵千戶食，何如青門五色瓜？
傳呼鼓吹擁部曲，何如春雨池蛙？
性剛太傅促和藥，何如羊裘釣煙沙？
綺席象床琱玉枕，重門夜鼓不停撾。
何如一身無四壁，滿船明月臥蘆花？
吾聞食人之肉，可隨以鞭樸之戮；
乘人之車，可加以鈇鉞之誅。
不如薄酒醉眠牛背上，醜婦自能搔背癢。

樹梢掛蛇遇上石頭壓蛤蟆

黃庭堅最有名的詩作，應該是抒發別後友情的《寄黃幾復》：

我居北海君南海，寄雁傳書謝不能。
桃李春風一杯酒，江湖夜雨十年燈。

持家但有四立壁，治病不蘄三折肱。
想得讀書頭已白，隔溪猿哭瘴溪藤。

黃幾復是黃庭堅的髮小（按：北京方言，指從父輩就互相認識，從小一起長大的玩伴），此時他在南海之濱的廣州，而黃庭堅在渤海之濱的德州。北海、南海的典故，出自春秋時楚國使者屈完代表楚成王，對興師問罪的齊桓公所說之言：「君處北海，寡人處南海，惟是風馬牛不相及也。」兩地相隔如此遙遠，以至於想託鴻雁傳書，人家都要推脫：「俺向南最多飛到衡陽回雁峰，不去嶺南那麼遠的地方。」將大家熟悉的「鴻雁傳書」反其意而用，收到別出心裁的奇效，正是黃庭堅引以為傲的「點鐵成金」之術。

頷聯的「桃李」、「春風」、「一杯酒」、「江湖」、「夜雨」、「十年燈」，都是名詞性片語，這種**僅僅使用名詞的排列**，即達到強烈藝術效果的技法，源於溫庭筠的「雞聲茅店月，人跡板橋霜」。用摯友小聚的快樂來反襯其後的離思，使得漂泊蕭索之感更加濃烈。

黃庭堅在詩詞的總體成就上比之東坡當然遜色，但在書法方面則並轡爭先，一起進入了「宋四家」之列。兩人曾經討論彼此的書法，東坡道：「魯直近來寫字雖然清新剛勁，但是筆勢有時太瘦，如同樹梢掛蛇。」黃庭堅立刻回應：「學生固然不敢輕易議論先生之字，然而總覺得有些褊淺，頗似石頭壓蛤蟆。」兩人一起哈哈大笑，因為被對方準確指出了自己的缺點。師生關係如此平等融洽，教學相長，不亦樂乎？

有一次駙馬都尉王詵差小廝高俅，將自己的詩作送給黃庭堅，請他和詩一首。魯直那陣子很是慵懶不想動腦筋，看醜醜的高俅又不順眼，就一直沒完成任務。王詵隔三差五的讓高俅送鮮花到黃家，這是在很有禮貌的催促：「老兄你欠我的和詩呢？」黃庭堅看著堆在屋角的這幾大盆鮮花，撓了撓頭，坐下來寫了一張小帖：

花氣薰人欲破禪，心情其實過中年。
春來詩思何所似？八節灘頭上水船。

駙馬爺你送來這些鮮花的香氣，快要把我靜心禪定的功夫都薰破了。這樣美好的春天其實就適合苟且的睡睡懶覺享受生活，你卻偏偏要讓我作詩寫什麼遠方。我現在的才思就像在灘頭一節一節逆水而上的小船，真是何其艱難！這張帖子筆勢剛健如同長槍大戟，是黃庭堅的書法代表作，被稱為**《花氣薰人帖》**，**現藏於臺北故宮博物院**。

黃庭堅終身對蘇老師都十分尊敬。東坡去世後，魯直將其畫像掛於家中，每天早上穿戴整齊焚香作揖，十分恭謹肅穆。有朋友在聊天時隨口問他：「您與東坡並稱『蘇黃』，名聲在伯仲之間，為何還對他如此恭敬啊？」魯直聞言大驚，立刻從座位上站起身來，嚴肅的答道：「我不過是東坡先生門下的弟子而已，怎敢與師尊同列！」所以**將蘇、黃並稱**，**並非黃庭堅的本意**，他對蘇軾和自己在歷史中的地位高下有著清醒的認識。

第十八章

但願君心似我心，李之儀不負相思意

「蘇門四學士」加上陳師道和李廌，又被稱為「蘇門六君子」。陳師道，字履常（又字無己），江蘇彭城人，比蘇軾小十六歲。陳師道少年時，徐州太守孫覺推薦他帶著作品去見曾鞏。

寫骨肉重逢，陳師道飆淚指數勝杜甫

曾鞏，字子固，建昌軍南豐（今江西南豐）人，世稱「南豐先生」。陳師道前去拜謁，曾子固一見之下大為讚賞，就收為弟子來悉心教導。後來蘇軾在徐州為官，陳師道前往拜謁，倆人一見如故。蘇軾給了陳師道很多指點，還想收這個才華橫溢的年輕人為弟子。面對如此大好機會，陳師道卻以「向來一瓣香，敬為曾南豐」婉謝，意思是當年拜了曾鞏為師，就不再改換門庭了。

這可能是因為蘇軾名氣太大，陳師道不願意有拉虎皮做大旗的嫌疑，另一方面他對曾老師也確實情深意重。曾鞏過世後，陳師道寫詩《妾薄命》，自注「為曾南豐作」以悼之：

主家十二樓，一身當三千。
古來妾薄命，事主不盡年。
起舞為主壽，相送南陽阡。

忍著主衣裳，為人作春妍。
有聲當徹天，有淚當徹泉。
死者恐無知，妾身長自憐。

其中「有聲當徹天，有淚當徹泉」是感情誠摯的悼亡名句。而末句更是寫盡了所有悼亡者的悲哀，就是黃泉永隔而死者無知，一切的哀悼行為都只是生者的自我安慰罷了。面對著死亡這個人生終極問題，人類是如此無力和絕望。

陳師道家境貧寒，本來娶妻是個大問題。但以善於擇婿著稱的東平人郭概很欣賞他，不但將女兒下嫁，還幫他負擔了婚後妻子和孩子們的吃飯問題。這位好岳父還有另一個著名的女婿就是趙挺之，也是易安居士李清照的公公。

宋神宗元豐年間，郭概被任命到四川去提點刑獄（按：宋代特有的官職，主要掌管刑獄之事），但陳師道因母親年老需要留下照顧而無法同行，只好讓妻子帶兒女們隨岳父大人西去，不得不忍受骨肉分離的痛苦。

將近四年以後，陳師道被蘇軾、孫覺等人推薦當了徐州州學教授，算是進入編制端上了穩定的飯碗，才將妻兒接回家鄉。他見到久別重逢的孩子們時悲喜交加，心情正如當時寫下的《示三子》：

去遠即相忘，歸近不可忍。
兒女已在眼，眉目略不省。
喜極不得語，淚盡方一哂。
了知不是夢，忽忽心未穩。

尾句意境與晏幾道的《鷓鴣天》「今宵剩把銀釭照，猶恐相逢是夢中」頗為相似。陳師道曾向黃庭堅學詩，後來轉學杜甫。此詩用字宛如白描樸實無華，然而讀者都能體會到其深情出自肺腑感人至深，正是老杜的風格。

黃庭堅相當欽佩陳師道的文學成就，對別人說：「陳無己，天下士也。其讀書，如禹之治水，知天下之脈絡，有開有塞，至於九州滌源，四海會同者也。其論事，救首救尾，如長山之蛇。其作文，深知古人之關鍵。其作詩，深得老杜之句法，今之詩人不能當也。」

在筆者看來，想學老杜甚難，得有類似的貧寒生活經驗才能學得像。陳師道之困苦不遜於老杜，具備了這個客觀條件。即使老杜復生來寫骨肉長期分離再重逢這個題材，恐怕也無以過之。

閉門造句，連一點聲音都不能有

既然蘇軾仕途坎坷，與他關係親近的陳師道自然受到連累，一生都沒當上什麼官，直到徽宗登基後，才被授以祕書省正字之職。但無己安貧樂道，閉門吟詩自得其樂，每次在外登臨覽勝得了一點靈感，就急忙回家跳上床，學習王勃用被子蒙住腦袋開始冥思苦想。他比王子安還要挑剔的，是連一點聲音也不能聽到，家人知道他這個惡習，趕快出門將房前屋後的小貓、小狗都趕跑，連家裡吵吵鬧鬧的小朋友也都抱去寄存在鄰居家，要直等到他的詩作好，才敢恢復正常生活。陳師道就是這樣熬出那首《絕句》：

書當快意讀易盡，客有可人期不來。
世事相違每如此，好懷百歲幾回開？

令人快意的書籍總是很容易就讀完了，讓人開心的客人怎麼等也等不來。世上的事情往往就是這樣不盡如人意，人生縱然百年又能有幾次歡笑開懷呢？從陳師道的生活條件和詩中反映的蒼涼心境來看，他不會是高壽之人。

建中靖國元年，黃庭堅在江陵大病初癒，寫了《病起荊江亭即事・其八》悼念同門秦觀，懷念好友陳師道：

……

閉門覓句陳無己，對客揮毫秦少游。

正字不知溫飽未，西風吹淚古藤州。

在黃庭堅看來，陳無已的特點是苦吟，秦少游的特點是捷才。黃庭堅寫此詩的一年前，秦觀在藤州病逝；寫此詩的一年後，剛被授予祕書省正字不久的陳師道也去世了，導火線據說是因為他的連襟趙挺之。

徽宗欽定炙手寒心，趙挺之為人不正

趙挺之是新黨成員之一，與舊黨的蘇軾及其門人政見不合。蘇軾對趙挺之的為人頗為反感，說他是「聚斂小人」，學問品行都無可稱道，不堪國家重任；趙挺之則數次彈劾蘇軾，罪名是子虛烏有的「誹謗先帝」之類。

陳師道回到開封的第一年冬天，按例要到京郊參加祭祀禮儀。那一天大雪紛飛天寒地凍，妻子郭氏看丈夫沒有禦寒的衣物，就跑到妹妹家裡借了一件毛皮大衣，當然是妹夫趙挺之的。不料陳師道剛剛穿上衣服，一聽說是向自己一貫不屑的連襟所借，當即圓睜雙眼憤憤言道：「我就是凍死，也不會穿他家這種聚斂搜刮而來的衣服！」說完將大衣脫下來一扔，穿著自己的單薄衣衫就冒雪出門而去。結果他在郊祭中受了寒，回到家就一病不起，第二年春天病重逝世。據說他死後家人無錢安葬，朝廷特賜絹兩百匹，才換得錢將他入土為安。

陳師道對趙挺之的鄙夷之深，居然賠上了自己的性命。那麼，蘇門子弟和趙挺之的齟齬究竟是黨派之間的意氣之爭，還是趙的品格確實有問題呢？我們可以從另外兩位大人物的評價看出來。

第一位給差評的是當時的一把手（按：即組織單在最高領導人）宋徽宗。趙挺之死的時候職位是大學士，皇帝親臨追悼會，問趙夫人郭氏對組織上有什麼要求。郭氏哭拜，懇請三件事。徽宗對頭兩件事都點頭同意，唯獨對第三件事——謚號內想有一個「正」字——回答說「待理會」，翻譯成今天的官方術語就是「回去研究一下」。現在**如果領導們說「回去研究一下」，那就是沒戲**；所以徽宗說「待理會」，同樣也是沒戲。趙挺之最後的謚號是「清憲」，沒有他家想要的「正」字。可見趙挺之的為人，連自身歪歪斜斜的徽宗都不認可是「正」的。

第二位給差評的是中國第一女詞人李清照。傳說趙挺之的三兒子趙明誠到了婚娶之齡，有天夜裡做了一個夢，醒來只記得夢見十二個字：「言與司合，安上已脫，芝芙草拔。」不解何意，便去請教父親。趙挺之想了一下，哈哈笑道：「這是一個離合字謎，謎底是『詞女之夫』四字。看來天意是要你娶一個女詞人。」便為兒子聘了天才少女李清照為妻。

這個傳說不管你們信不信，反正筆者是不信，因為字謎編得太粗糙、太沒水準、毫無美感。李清照的父親是「蘇門後四學士」之一的李格非，一個典型的舊黨家庭和新黨趙挺之，本該是冰炭不同爐的。但如果我們注意到趙明誠和李清照結婚時間在建中靖國元年，那麼這樁婚事應該在之前一年的元符三年敲定，我們可以從時間發現其中的微妙之處。

那一年正好是哲宗駕崩、向太后扶立徽宗、新黨章惇罷相、包括蘇軾在內的貶謫蠻荒之地的舊黨大臣，紛紛被赦免調回。趙挺之很可能是敏銳的察覺政治風向的變化，決定向正在回來的胡漢三們（按：中國電影中的著名反派，屢仆屢起）示好，所以主動編了這個段子來與蘇門子弟李格非結親，因為當時最著名的「詞女」非李清照莫屬。

向太后完成了扶立徽宗這步大臭棋之後，在建中靖國元年初就逝世了，將大宋錦繡江山放心的交到敗家子趙佶手上。徽宗剛開始延續恩人向太后的政策，希望新舊兩黨和平共處，他用「建中靖國」為年號的意思，大概是「朕打算和平中正，你們兩邊都給朕安安靜靜的別鬧騰了」。改換年號最能體現出皇帝的理想，所以蘇軾在安慰章援的信中寫道「建中靖國之意，又恃以安」。

在這樣的政治氣氛中，趙李兩家完成了這場門當戶對、郎情女願的婚禮。但這個年號只用了一年，徽宗便改元「崇寧」，重新起用新黨大奸臣蔡京，對舊黨朝臣進行清洗。如此朝令夕改的折騰國家，怪不得章惇一針見血的指出「端王輕佻，不可以君天下」。

趙挺之作為蔡京的得力副手，打擊舊黨不遺餘力，包括親家李格非。李清照為了相救父親而寫詩給公公，內有「何況人間父子情」之句，讀到的人莫不心動，唯趙挺之歸（按：

音同規）然不動。數年後趙挺之因打擊舊黨之功升為尚書右僕射，到了宰相的級別，李清照獻詩為公公祝賀，除了其中一句**「炙手可熱心可寒」**之外都沒有流傳下來，估計整首詩寫得不太得體。從與李家的這段故事，不難看出趙挺之為人的冷漠功利。

科學家兼職當女俠，獨自奔波救丈夫

雖然蘇軾的一眾門人中有著秦觀、黃庭堅、陳師道這麼多出類拔萃者，但他最欣賞的卻很可能是李之儀。李之儀，字端叔，比秦觀大一歲。

哲宗元祐八年蘇軾出知定州時，挑選了李之儀同行作為他的幕僚。「蘇門四學士」之一的張耒對此很是眼紅的寫道：「每隔幾年見一次端叔，議論越來越奇，名譽越來越高。如今朝廷士大夫討論到天下士子，屈指一數，頭一兩名就必然說到咱們端叔。如今蘇先生出守定州，朝廷上有一半人想跟去做他的幕僚，但都不敢開口向他求職，而蘇先生就單單向朝廷申請要了端叔。」羨慕之情溢於筆端。蘇軾的其他學生大都是手無縛雞之力的謙謙君子，唯獨李之儀被他推崇為伏波將軍馬援、定遠侯班超之流的人物，曾寫詩贈他：

若人如馬亦如班，笑履壺頭出玉關。
已入西羌度沙磧，又向東海看濤山。

識君小異千人裡，慰我長思十載間。
西省鄰居時邂逅，相逢有味是偷閒。

李之儀不像陳師道那樣嚴守門戶，他早年拜在范仲淹之子范純仁門下，但這並不影響後來又拜了蘇軾為師。筆者覺得他能同時成為這兩位人中龍鳳的弟子，真是三生有幸，沒有浪費千載難逢的機會。

徽宗登基的第二年，范純仁病危。他當著兒子們口授遺表，讓李之儀記錄整理。打著新法大旗的蔡京上臺以後，準備報復之前與自己不合的舊黨范純仁，便在其遺表中做文章搞文字獄，誣陷范純仁誹謗新法藐視朝廷，將李之儀逮捕入獄嚴刑拷打。和李之儀交好的眾人想營救但都束手無策，這時候一位奇女子胡淑修發出了耀眼的光芒。

胡淑修，字文柔，是李之儀的妻子，出生在書香門第之家，祖父和父親都是翰林學士，所以她精通文學和歷史是不足為怪的。難得的是**她居然還精通算術**，是當時有名的數學家，連比她年長十六歲的科學家沈括也經常向她請教問題，並且感嘆道：「如果李夫人是男子的話，必是我的益友啊。」

有一次蘇軾登門拜訪李之儀，胡淑修從屏風後偷偷觀察整個過程，等蘇軾走後，她對丈夫說：「蘇子瞻名震天下，我原以為他很可能只會空談，今天才知道他是個行事認真之人，實乃一代豪傑！」胡淑修從此成為東坡的鐵杆粉絲，並多次對李之儀說：「**讀蘇子瞻的**

文章，讓人有殺身成仁之志，夫君你應該多多同他交往。」

宋哲宗親政後打壓舊黨，東坡在一個月內三次接到貶謫令，別人對這樣的倒楣者都是避之唯恐不及，胡淑修卻親手縫製棉衣贈給東坡路上禦寒，還頗為感慨：「我不過是一介女流，能有幸結交蘇子瞻這樣的君子，更有何憾？」

有多人因為受蘇軾的牽連，被披上枷鎖、掛上「蘇軾反朝廷集團」的小牌子示眾，而胡淑修竟然主動站出來，自己掛上這麼一塊牌子，加入到示眾者的行列之中，並對不明真相的圍觀群眾慷慨激昂的說道：「我看重蘇子瞻其為人、欽慕其道義已久，自願與其同罪，好使天下人知道：這世上尊敬蘇公的並非只有男子！」

丈夫入獄後，胡淑修馬上典當了自己的衣物首飾湊足路資，孤身一人來到京城的父親家中，催促父親盡快設法營救。但是等了多日，她發現父親對權勢熏天的蔡京也束手無策。胡淑修多方打探，終於了解到有位官員家中收藏了一份范純仁的手稿，而其中的內容正好可以駁斥蔡京的誣告，於是急往其家中懇求觀看。不料此人懼怕蔡京，死活不肯出示手稿。胡淑修救夫心切，便以重金收買此家一個僕人，問清了房屋結構和手稿所藏之處。當夜三更，**她一身黑衣短打黑紗蒙面，上房溜柱潛入那人家中，徑直將手稿盜出**。胡淑修知道祖母常進宮中與太后親近，於是拿著手稿去祖母處哭訴，祖母遂將手稿上報太后，最終為李之儀洗刷了冤情。

此事震動朝野，士大夫們均嘖嘖讚嘆，太后也特地宣她進宮撫慰，好親眼一見這位奇女子，並賜她鳳冠霞帔。中國古代真實的俠女屈指可數，女科學家更是寥若晨星，胡淑修居然能夠兩者兼於一身，其智商、情商、胸襟、技藝、仁愛、勇氣之全面千年僅見，不但在女性中首屈一指，放在男性中也能愧煞鬚眉。

端叔不負楊姝相思意

因為蔡京致力於打擊舊黨，李之儀出獄後未能官復原職，而是被編管到太平州（今安徽當塗）。黃庭堅原本在太平州當知州，後來因為受到蘇軾的牽連，被蔡京陷害而貶官閒居。兩人同為東坡門下，平素交好，正是他鄉遇故知。

黃庭堅為李之儀接風洗塵，特意招來當地色藝雙絕的歌伎楊姝在席間演奏。年輕的楊姝只有十幾歲，居然為他兩人彈了一首經典古曲《履霜操》。范仲淹很愛彈琴，但終身只彈這一曲《履霜操》，所以人稱「范履霜」。仕途坎坷的黃庭堅聽楊姝演奏此曲，追念屢被貶謫的先賢，不覺同氣相求深為感動，填了一闋《好事近・太平州小伎楊姝彈琴送酒》：

一弄醒心弦，情在兩山斜疊。
彈到古人愁處，有真珠承睫。

使君來去本無心，休淚界紅頰。
自恨老來憎酒，負十分金葉。

楊姝選了此曲，顯然覺得黃魯直、李端叔與范文正公是同一類人。李之儀心中一動，覺得此女實是知音，也以黃庭堅詞的韻腳和了一首《好事近・與黃魯直於當塗花園石洞聽楊姝彈履霜操，魯直有詞，因次韻》：

相見兩無言，愁恨又還千疊。
別有惱人深處，在懵騰雙睫。
七弦雖妙不須彈，惟願醉香頰。
只恐近來情緒，似風前秋葉。

黃庭堅被調離太平州後，沒了同門好友相伴的李之儀，繼續被編管，過著枯燥無趣的生活。來到當塗的第三年，他的兒子、女兒和相濡以沫四十年的妻子相繼去世。李之儀悲痛欲絕，將胡淑修安葬在當地的藏雲山致雨峰下，與自己的雙親為伴，並撰寫了《姑溪居士胡氏文柔墓誌銘》以為紀念。

時年五十七歲的李之儀身體也每況愈下，癬瘡遍體奇癢難耐，寒疾也久治不癒，再加上前途無望，可謂了無生趣。但當他跌到人生谷底時，又有一位特別的女子來到他身邊，正是那位幾年前曾為他彈琴的小姑娘。楊姝為端叔斟滿一杯酒，然後將琴擺好，再次彈出了那首熟悉的曲子。曲終之後，百感交集的李之儀拿出紙筆，寫下《清平樂・聽楊姝琴》：

殷勤仙友，勸我乾杯酒。
一曲《履霜》誰與奏？邂逅麻姑妙手。
坐來休歎塵勞，相逢難似今朝。
不待親移玉指，自然癢處都消。

楊姝用清越的琴聲撫慰了煢煢（按：音同窮，孤獨無依的樣子）孑立、形影相弔的李之儀，幫助他慢慢走出了親人離喪的孤寂痛苦。兩人的感情日漸加深，年近花甲的端叔終於與楊姝跨越四十歲的年齡差距，結為連理。婚後李之儀攜手楊姝來到長江邊，面對著東流不回的江水，寫下了一首流傳千古的《卜算子》：

▲ 李之儀借詞中人之口，向楊姝表達對這份情堅貞不渝。

我住長江頭，君住長江尾。
日日思君不見君，共飲長江水。
此水幾時休？此恨何時已？
只願君心似我心，定不負相思意。

端叔這是借詞中人之口，抒發自己的肺腑之聲，含蓄的表達了自己對這份暮年愛情的堅貞不渝。後來楊姝為他生下一子兩女，並最終陪伴他走完了人生的旅途，兩人果然不負相思之意。

宋朝歷代皇帝年表

姓名	廟號	在世（西元）	介紹
趙匡胤	太祖	九二七年至九七六年	陳橋兵變黃袍加身，建立北宋。九六〇年至九七六年在位，共十七年。終年四十九歲，死因存有爭議。
趙光義	太宗	九三九年至九九七年	高祖之弟。九七六年至九九七年在位，共二十一年。結束了五代十國的分裂割據局面。兩次攻遼均告敗。病逝，終年五十八歲。
趙恆	真宗	九六八年至一〇二二年	太宗第三子。九九七年至一〇二二年在位，共二十五年。與遼達成「澶淵之盟」；御製《勸學詩》。病逝，終年五十四歲。
趙禎	仁宗	一〇一〇年至一〇六三年	真宗第六子。一〇二二年至一〇六三年在位，共四十一年。是兩宋在位時間最長的皇帝，締造了「仁宗盛治」。病逝，終年五十三歲。

姓名	廟號	在世（西元）	介紹
趙曙	英宗	一〇三二年至一〇六七年	濮王趙允讓之子，過繼給仁宗為嗣。一〇六三年至一〇六七年在位，不到五年。曾向宰輔們提出裁救積弊的問題。英年早逝，終年三十五歲。
趙頊	神宗	一〇四八年至一〇八五年	英宗長子。一〇六七年至一〇八五年在位，共十八年。即位後立即命王安石推行變法，新舊黨爭由此開始。英年早逝，終年三十七歲。
趙煦	哲宗	一〇七六年至一一〇〇年	神宗第六子。一〇八五年至一一〇〇年在位，共十五年。在位初期，太皇太后高氏聽政，廢除王安石新法，任用司馬光等舊黨。哲宗親政後，起用章惇、曾布等新黨，貶斥舊黨。新舊派系互相報復，黨爭加劇。英年早逝，終年二十四歲。
趙佶	徽宗	一〇八二年至一一三五年	神宗第十一子。一一〇〇年至一一二五年在位，共二十五年。中國歷史上著名的藝術家皇帝，在位期間任用蔡京等奸臣，搞得朝政腐敗、民不聊生。「靖康之變」中被金人俘獲，宗室幾乎全部被押解北上，北宋滅亡。被金太宗封為昏德公，度過九年屈辱不堪的俘虜生活後，病逝於五國城，終年五十三歲。

姓名	廟號	在世（西元）	介紹
趙桓	欽宗	一一〇〇年至一一五六年	徽宗長子。金人南下攻宋，徽宗急忙禪位，趙桓被迫即位。在位僅三年，即在「靖康之變」中被俘。被金太宗封為重昏侯，最終病死於五國城，終年五十六歲。
趙構	高宗	一一〇七年至一一八七年	徽宗第九子。建立南宋，堅持偏安政策，因殺岳飛而留下歷史汙名。一一二七年至一一六二年在位，共三十五年，後禪位成為太上皇。病逝，終年八十歲。
趙昚	孝宗	一一二七年至一一九四年	太祖七世孫，被高宗收為嗣子。被認為是南宋最傑出的皇帝，締造了「乾淳之治」。一一六二年至一一八九年在位，共二十七年，後禪位成為太上皇。病逝，終年六十七歲。
趙惇	光宗	一一四七年至一二〇〇年	孝宗第三子。體弱多病（可能患有精神疾病）、平庸懦弱，使得李后干政；與孝宗長期不和。在位僅五年，即被韓侂冑等人尊為太上皇。病逝，終年五十三歲。

姓名	廟號	在世（西元）	介紹
趙擴	寧宗	一一六八年至一二二四年	光宗與李后次子。與金達成「嘉定和議」。一一九四年至一二二四年在位，共三十年。晚年崇信道教，可能是吞丹致死，終年五十六歲。
趙昀	理宗	一二〇五年至一二六四年	趙匡胤之子趙德昭九世孫，被寧宗收為嗣子。親政初期締造了「端平更化」；後期任用奸佞，沉湎酒色，聯合蒙古滅金。一二二四年至一二六四年在位，共四十年。病逝，終年五十九歲。
趙禥	度宗	一二四〇年至一二七四年	榮王趙與芮之子，被理宗收為嗣子。國難當頭之際，將軍國大權交於奸臣賈似道，自己則縱情聲色。一二六四年至一二七四年在位，共十年。死於酒色過度，終年三十四歲。
趙顯	恭帝（又稱恭宗）	一二七一年至一三二三年	度宗次子。一二七六年，太皇太后抱著五歲的他出城降蒙，十八歲時在元世祖忽必烈的支持下，入吐蕃為僧。史載他因懷念故國之詩，被元英宗賜死，終年五十二歲。

姓名	廟號	在世（西元）	介紹
趙昰	端宗	一二六八年至一二七八年	度宗庶長子，恭宗之兄。不滿十歲即夭折，史稱「宋帝昰」。
趙昺	懷宗	一二七一年至一二七九年	度宗幼子。崖山之敗後，陸秀夫背著年僅八歲的他跳海而死，南宋滅亡。

宋朝重要詞人年表

姓名	在世（西元）	介紹
馮延巳	九〇三年至九六〇年	字正中，五代十國時期南唐詞人，仕於烈祖、中主二朝。對北宋初期的詞人有較大影響。
李璟	九一六年至九六一年	字伯玉，南唐中主。此風清新，「小樓吹徹玉笙寒」是流芳千古的名句。
李煜	九三七年至九七八年	字重光，中主李璟第六子。南唐後主，世稱「李後主」，是光耀千古的君主詞人。降宋後，最終被宋太宗所毒殺。
寇準	九六一年至一〇二三年	字平仲。封萊國公，諡號「忠湣」，後世稱「寇萊公」、「寇忠湣」。
林逋	九六七年至一〇二八年	字君復，宋仁宗賜諡「和靖先生」，人稱「梅妻鶴子」。
柳永	九八四年至一〇五三年	原名三變，字景莊；後改名永，字耆卿。因排行第七，又稱「柳七」。曾任屯田員外郎，世稱「柳屯田」。婉約派代表人物。

姓名	在世（西元）	介紹
范仲淹	九八九年至一〇五二年	字希文，諡號「文正」，世稱「范文正公」。其作《岳陽樓記》，「先天下之憂而憂，後天下之樂而樂」為千古名句。
張先	九九〇年至一〇七八年	字子野。曾任安陸縣知縣，人稱「張安陸」。平生有帶「影」字三句得意，自稱「張三影」。蘇軾的忘年之交。
晏殊	九九一年至一〇五五年	字同叔，諡號「元獻」，世稱「晏元獻」。與其子晏幾道被稱為「大晏」、「小晏」，與歐陽修並稱「晏歐」。曾提攜范仲淹、歐陽修、富弼、韓琦等。
石延年	九九四年至一〇四一年	字曼卿。北宋文學家、書法家。歐陽修的好友。
宋祁	九九八年至一〇六一年	字子京。有名句「紅杏枝頭春意鬧」，世稱「紅杏尚書」。與歐陽修等人合修《新唐書》。
歐陽修	一〇〇七年至一〇七二年	字永叔，號「醉翁」、「六一居士」。諡號「文忠」，世稱「歐陽文忠公」。《新唐書》的主編之一，並獨力完成《新五代史》。「唐宋八大家」之一。
蘇洵	一〇〇九年至一〇六六年	字明允，自號「老泉」。與其子蘇軾、蘇轍合稱「三蘇」。「唐宋八大家」之一。

姓名	在世（西元）	介紹
司馬光	一〇一九年至一〇八六年	字君實，號「迂叟」，謚「文正」。因卒贈溫國公，世稱「司馬溫公」。主持編纂了中國歷史上第一部編年體通史《資治通鑑》。作為舊黨領袖，是王安石的政敵。
王安石	一〇二一年至一〇八六年	字介甫，號「半山」。作為主張變法的新黨領袖，是中國歷史上著名的改革家。封荊國公，世稱「王荊公」。「唐宋八大家」之一。
王觀	一〇三五年至一一〇〇年	字通叟。王安石的門生。
蘇軾	一〇三七年至一一〇一年	字子瞻，號「東坡居士」，是宋代文學最高成就的代表。與其弟子黃庭堅並稱「蘇黃」。與辛棄疾同為豪放派代表，並稱「蘇辛」。作為「唐宋八大家」之一，與歐陽修並稱「歐蘇」。也工於書法，為「宋四家（蘇軾、黃庭堅、米芾、蔡襄）」之一。
晏幾道	一〇三八年至一一一〇年	字叔原，號「小山」。晏殊第七子。
蘇轍	一〇三九年至一一一二年	字子由，號「潁濱遺老」。與其兄蘇軾並稱「大蘇」、「小蘇」。「唐宋八大家」之一。

姓名	在世（西元）	介紹
黃庭堅	一〇四五年至一一〇五年	字魯直，號「山谷道人」。與張耒、晁補之、秦觀遊學於蘇軾門下，合稱為「蘇門四學士」。
李之儀	一〇四八年至一一一七年	字端叔，號「姑溪居士」。早年師從范仲淹之子范純仁，後師從蘇軾。
秦觀	一〇四九年至一一〇〇年	字少游，世稱「淮海居士」。被尊為婉約派一代詞宗。
米芾	一〇五一年至一一〇七年	字元章。書法「宋四家」之一。蘇軾的好友。
賀鑄	一〇五二年至一一二五年	字方回，自號「慶湖遺老（賀知章的後裔）」。因其貌醜，人稱「賀鬼頭」。有名句「梅子黃時雨」，人稱「賀梅子」。李之儀的好友。
陳師道	一〇五三年至一一〇二年	字無己，「蘇門六君子」之一。
周邦彥	一〇五六年至一一二一年	字美成，號「清真居士」。舊時詞論稱他為「詞家之冠」、「詞中老杜」。
朱敦儒	一〇八一年至一一五九年	字希真，有「詞俊」之名。
李清照	一〇八四年至一一五五年	號易安居士，有「千古第一才女」之稱。其父李格非，為「蘇門後四學士」之一。
岳飛	一一〇三年至一一四二年	字鵬舉，追諡「武穆」，為抗金英雄。

姓名	在世（西元）	介紹
陸游	一一二五年至一二一〇年	字務觀，號「放翁」。也是史學家，著有《南唐書》。與范成大、楊萬里交好。
范成大	一一二六年至一一九三年	字至能，號「石湖居士」。紹興二十四年進士。與陸游、楊萬里、尤袤合稱南宋「中興四大詩人」。
楊萬里	一一二七年至一二〇六年	字廷秀，號「誠齋」。與虞允文、范成大、張孝祥同為紹興二十四年進士。
朱熹	一一三〇年至一二〇〇年	字元晦，號「晦庵」。諡文，世稱「朱文公」。是程顥、程頤三傳弟子李侗的學生，與二程合稱「程朱學派」。是唯一非孔子親傳弟子而享祀孔廟者，位列「大成殿十二哲者」。
張孝祥	一一三二年至一一七〇年	字安國，號「於湖居士」。唐代詩人張籍之七世孫。紹興二十四年狀元。
朱淑真	一一三五年至一一八〇年	號「幽棲居士」。現有《斷腸詩集》、《斷腸詞》傳世。
辛棄疾	一一四〇年至一二〇七年	字幼安，號「稼軒」，被稱為「詞中之龍」。與李清照並稱「濟南二安」。
陳亮	一一四三年至一一九四年	字同甫，號「龍川」，世稱「龍川先生」。辛棄疾的好友。

姓名	在世（西元）	介紹
姜夔	一一五四年至一二二一年	字堯章，號「白石道人」。朱熹、辛棄疾的好友。
文天祥	一二三六年至一二八三年	字宋瑞，一字履善，自號「文山」、「浮休道人」。抗元民族英雄，與陸秀夫、張世傑並稱「宋末三傑」。
蔣捷	一二四五年至一三〇五年	字勝欲，號「竹山」。有名句「流光容易把人拋，紅了櫻桃，綠了芭蕉」，時人稱為「櫻桃進士」。

※本附錄採用大致紀年，可能與不同資料有細微差別。

WD005

不讀宋詞，日子怎過得淋漓盡致（北宋篇）

作　　者／鞠　菟
責任編輯／陳竑惪
校對編輯／張慈婷
美術編輯／林彥君
副總編輯／顏惠君
總 編 輯／吳依瑋
發 行 人／徐仲秋
會　　計／許鳳雪
版權經理／郝麗珍
行銷企劃／徐千晴
業務專員／馬絮盈、留婉茹
業務經理／林裕安
總 經 理／陳絜吾

國家圖書館出版品預行編目（CIP）資料

不讀宋詞，日子怎過得淋漓盡致（北宋篇）/ 鞠菟著 . -- 初版 . -- 臺北市 : 任性 , 2018.12
304 面 ; 17×23 公分

ISBN 978-986-96500-7-6（平裝）

1. 唐五代詞 2. 宋詞 3. 詞論

820.9304　　107018733

出 版 者／任性出版有限公司
營運統籌／大是文化有限公司
臺北市衡陽路 7 號 8 樓
編輯部電話：（02）23757911
購書相關資訊請洽：（02）23757911 分機 122
24 小時讀者服務傳真：（02）23756999
讀者服務 E-mail: haom@ms28.hinet.net
郵政劃撥帳號 19983366 戶名／大是文化有限公司

法律顧問／永然聯合法律事務所
香港發行／豐達出版發行有限公司 Rich Publishing & Distribution Ltd
地址：香港柴灣永泰道 70 號柴灣工業城第 2 期 1805 室
Unit 1805,Ph .2,Chai Wan Ind City,70 Wing Tai Rd,Chai Wan,Hong Kong
Tel：2172-6513 Fax：2172-4355
E-mail：cary@subseasy.com.hk

封面設計／孫永芳
內頁排版／邱介惠
印　　刷／緯峰印刷股份有限公司
出版日期／2018 年 12 月 5 日初版
2019 年 7 月 16 日初版二刷
定　　價／新臺幣 360 元
ISBN　978-986-96500-7-6